4h

安崎依代 Anzaki Iyo

アルファポリス文庫

https://www.alphapolis.co.jp/

私と彼女と彼　～氷のような貴女にさよならを～

【-3】

『好き』っていう感情にも種類があるんだってことを、昔の私は知らなかったんだ。

校門を抜けていく生徒達が、ジロジロと私のことを眺めていく。他校の制服を着た人間が校門脇に所在なさげに立ってたら、確かに怪しく思うよね。分かるんだけど……うぅ、恥ずかしい……

でも、私は恥ずかしさに耐えて、必死に顔を上げていた。校門から出ていく生徒を、一人だって見落とさないように。

――私にはもう、時間がない。なりふり構ってなんかいられない。

この学校の出入口はここだけ。ここで待っていれば沙那《さな》は……私の幼馴染《おさななじみ》は、必ずここを通るはず。

そうやって気合を入れ直して、私はもう一度真《ま》っ直《す》ぐに顔を上げる。

その瞬間、だった。

一人の生徒が私の目の前を横切っていく。

どうやってお手入れしたらあんなに深くて綺麗な色になるんだろうって、いつもうらやんでいた黒髪。いかにも気が強そうな顔は、昔と全然変わることなく前だけを向いている。公立高校トップの進学率を誇る学校の制服を気後《きおく》れすることなく凛《りん》と着こなした姿は、やっぱりカッコ良かった。

「あ……っ」

かすれた声が漏れる。だけどそんなか細い声じゃ彼女を呼び止めることなんてできない。

私はキュッと唇を噛みしめると、今度はお腹の底から声を張った。

「沙那っ!!」

周囲がビクッと肩を揺らして私を振り返る。そんな大音声《だいおんじょう》。だけど彼女だけが私を振り返らない。

ただ、歩く足が、止まった。

「沙那、わ、私……」

だから私は、彼女を逃がさないように……今度こそ置いていかれないように、必死に続く言葉を口にしようとする。

だけど強い彼女は、その程度ではその場に留《とど》まることさえしてくれなかった。

「あ……っ」

彼女の足が再び動き出す。よどみない動きはまるで私の声なんて聞こえていないみたいだった。

反射的に一歩、私の足が前に出る。最初の一歩が出てしまったら、二歩目を止めることなんてできなくて、気付いた時には私は彼女に向かって駆けだしていた。

「沙那っ!!」

もう一度彼女の名前を叫びながら、今度は彼女の腕を掴む。さすがの彼女もそこまでしたら足を止めた。そのことに私は思わずホッと息をつく。

「沙那、私」

「……どのツラ下げて私の前に現れたのよ」

だけどそんな安堵は次の瞬間粉々に打ち砕かれた。

バシッと腕に痛みが走る。何かを考えるよりも早く体をすくませると、彼女の腕を掴んでいた手が外されていた。何が起きたのか分からなくて顔を上げると、キツい顔つきをさらにキツくして彼女が私のことを見ていた。

凛《りん》とした顔で。凛《りん》とした声で。中学時代に『氷みたい』と揶揄《やゆ》されていた言葉通りの冷たさで、彼女は言葉を吐き捨てる。

「二度と私の前に現れないで」

その言葉に私は、凍りついたように口を開けなくなった。

【-13】

私と沙那は、元々マンションの部屋が隣で、幼馴染《おさななじみ》だった。小学校に上がる年に私の家族が沙那の家の隣に引っ越してきてからの付き合いで、それからずっと、次の転勤で私達家族が引っ越すことになる中学卒業の春まで一緒に過ごした。

沙那は美人で、頭も良くて、カッコイイ人だった。性格と目つきがキツくて誤解されがちだったけど、本当は面倒見が良くて、根はとても優しい子だった。

そんな性格だったから、沙那は私を放っておけなかったんだろう。私は沙那が飛び抜けてる分を埋めるかのように、ドジで、見た目もイマイチで、鈍臭《どんくさ》かったから。引っ越してきた時に沙那が隣に住んでいてくれなかったら、私は多分学校に馴染むのにすごく苦労したと思う。周囲に知り合いが全くいない状態で小学校に入った私が上手くやっていけたのは、何くれとなく面倒を見てくれた沙那のお陰なんだから。

私は沙那が大好きだった。沙那が中学で一緒にブラスバンド部に入ってくれた時、本当に嬉しかった。ずっとこうやって、たとえ引っ越して家が隣じゃなくなっても、大人になっても一緒にいれるって思っていた。

少なくとも、私の方は。

「……っ!!」

知らない間に寝落ちていたみたいだった。けたたましい音にハッと顔を上げると、見慣れた自分の部屋が目の前に広がっている。

「……私」

……そうだ、私、昨日沙那に会いに行って。話……聴いてもらえなくて。そのまま、帰ってきちゃって。

そこまで思い出した私はハッと我に返ると慌てて自分が突っ伏していたローテーブルの上を探す。見つからないと思ったら、スマホは床に落ちていた。さっきの音は多分、うつらうつらしていた私の肘が滑ってスマホに当たって、そのせいでスマホがテーブルから落ちた音だったんだろう。

私はスマホを拾い上げるとワタワタとメッセージアプリを開いた。目的の画面を開くけど、その画面は昨日私がメッセージを送った時から変化はない。返事はおろか、既読マークすらついていなかった。

「……沙那」

私は思わず沙那の名前を呼んでいた。その声にジワリと涙がにじんでいるのが分かる。

「お願い……返事して……っ」

でもそれが、すごくワガママで今更なことだってことも、分かっていた。

だって私は二年前、沙那の彼氏に恋をしてしまったんだから。……ううん、『恋をしていた』って分かったのは、それよりもっと後のこと。当時の私は、自分がそんな感情を抱いているんだってことさえ分かっていないバカだった。

高部《たかべ》君。同じブラスバンド部で、沙那と同じパートを担当していた。

高部君は、カッコイイ男の子だった。イケメンってのもあったけど、さりげなく荷物運びを手伝ってくれたり、つらい思いをしている人を気遣うことができたり。大人って感じで、ブラスバンド部の女子はみんな高部君のことが気になっていたんだと思う。

沙那も、そんな女子の一人だった。最初はいつもみたいにツンケンと『あんないけ好かないヤツ』って言ってたけど、同じパートってことで一緒に練習をするようになって、二年生ではクラスが一緒になってさらに接点が増えて。気付いた時には、恋に落ちていたんだと思う。二年生の秋口に『高部のことが、好き……なのかも』って私に打ち明けてくれた沙那は、顔を真っ赤にしていて、『恋する女の子』そのものだった。

そんな沙那が可愛くて。そんな沙那を見るのは初めてで。

私はなんだかそんな沙那を見られたのが嬉しくて、私だけに相談してくれたことも嬉しくて。『協力してくれる？』なんて珍しくしおらしく言ってきた沙那に『当たり前じゃんっ‼』って即答したんだ。

本心だった。その時点では間違いなく、百パーセントのホント。

私は沙那が高部君と素直に話せるように色々アドバイスをした。それでも沙那はやっぱりツンケンしていたから、私がちょっとだけお節介を焼いて、『ほんとは沙那、こう言いたかったんだよ』とか『あれは照れ隠しなんだよ』とか、沙那をフォローするようになった。

自分から高部君に話しかけに行くのは、人見知りな私には大変なことだったけれど……。これも沙那のためだって思ったら、自然と頑張れたんだ。そんななりゆきで私は、高部君ともちょっとだけ、話せるようになった。

沙那はよく私を『服のセンスがいい』って褒めてくれたから、それが嬉しくて、服の相談とかにも乗っていた。それの延長で、制服を可愛く着こなすコツとか、アレンジとかも。お姉ちゃんから教えてもらったメイクやネイルを沙那にも教えてあげたり……、と言っても、メイクもネイルも校則違反だったから、一番役に立ったのはスキンケアとか爪のお手入れ方法だったのかもしれないけれど。あ、髪のお手入れだけは、昔から私が教わってばかりだったな。

とにかく、沙那は、恋に必死だった。私はそんな沙那を少しでも知ってもらいたくて、頑張る沙那のちょっとした変化をさりげなく高部君に伝えるのに必死になった。そのついでに高部君の好きな物や、趣味なんかを教えてもらったりもした。

沙那の恋を応援すればするほど、沙那のために頑張れば頑張るほど、私の中には高部君のことが降り積もっていった。

そのことにちょっと胸があったかくなったり、キシキシと軋《きし》みが上がったりすることもあったけれど、私はそれは全部、私が沙那のことを思うからだと思っていた。私が沙那の恋を応援していて、沙那が好きだからだと思っていた。

高部君が『可愛いね』って言ってくれて嬉しい。それは沙那に向けて可愛いねって言ってくれたから。だから沙那を応援する私も嬉しい。

高部君が他の女の子と話していると、胸が苦しい。それは高部君が沙那を見てくれていないから。だから沙那を応援する私は悲しい。

私が高部君を好きだと思うのは、沙那が高部君を好きだから。沙那の『好き』を通して高部君を見ているから。だから、私も高部君を好きなんだと思う。

沙那が好きな高部君が好き。沙那を良く思ってくれている高部君が好き。

私は沙那が、友達として好き。それと同じように、高部君のことも好き。

……あの時の私は、心の底からそう思っていたんだ。

『好き』っていう感情にいくつも種類があるだなんて、知らなかったんだ。

『秋帆《あきほ》って、高部君のこと、好きでしょ？』

そうじゃないって気付いたのは、私より沙那の方が先だった。

沙那は、三年生の夏、部活を引退するタイミングで高部君に告白した。沙那の努力は高部君に届いていて、高部君は照れ笑いを浮かべながら沙那の告白に頷いてくれたらしい。私はその場を見ていないから沙那からそうやって聞いただけだったけど、それが本当だってことは一緒に帰ったり、一緒に遊びに行くようになった二人の姿を見ていれば分かった。

嬉しかった。嬉しかったの。飛び上がって喜んで、嬉し泣きをしながら『良かったね！良かったねっ!!』って沙那を抱きしめちゃったくらいに。沙那も嬉し泣きをしながら『良かったよぉ～っ!!』って、私を抱きしめ返してくれた。

……それなのに、どうしてあんなことに、なっちゃったんだろう。

『え……』

『私、彼女なんだから。秋帆のこと見てたら、分かるんだから……っ!!』

沙那が鋭い口調でそうやって切り出してきたのは、ブラスバンド部のメンバーの中でも特別に仲が良かった数人で卒業旅行に出掛けた先でのことだった。

旅行、と言っても電車に乗って遠出するだけの日帰り旅行だったけど、中学卒業と同時にまた親の都合で引っ越すことが決まっていた私にとっては、仲が良かった友達と最後の思い出を作る場で、人生の一大イベントと言ってもいい旅行だった。

『なっ、なんで、そんなこと……っ!!　沙那の彼氏にそんな……っ!!』

『じゃあなんで今回の旅行に高部君を連れてくことにこだわったの？　最初は私と二人で行くって約束だったじゃない！　なのに蓋《ふた》を開けてみたらブラス部のみんなでってことになってるし……っ!!』

沙那と二人での卒業旅行。それはブラスバンド部の中で卒業旅行の話が出るよりも先に約束してたことだった。

だけど、ブラスバンド部での卒業旅行の話が出たのと同じタイミングで、引っ越しの予定が私が聞いてたよりも早くなってしまって、沙那と予定していた日には旅行に行けなくなってしまったこと、ギリギリブラスバンド部の卒業旅行のタイミングにならら予定を空けられること、そこに参加してしまうと沙那と二人きりで再び出掛けるのは難しいこと、沙那との思い出も大切だけどどうせならみんなとも思い出を作りたいということ、そういう説明は全部きちんと沙那にしてあって、随分前に沙那だって納得してくれたはずだった。

そもそも高部君が今回のメンバーに入っていたのはたまたま……というよりも、高部君の方が、みんなと一緒とはいえ沙那と一緒に旅行に出掛けたかったから参加してくれただけであって、私が無理に誘ったわけじゃないし、私がそこにこだわった覚えもない。確かに沙那には申し訳ないとは思ったけれど、私が自分勝手な思いでこういう風にしたわけじゃない。

そうやって説明したかった。

だけど私は沙那の思わぬ言葉に混乱していて、それが悲しくて、なんだか悔しくて、驚いてもいて、言葉が喉につかえてすぐに説明を口にすることができなかった。

『秋帆がずっと高部君のこと見てたの、知ってるんだからっ!!』

私が口ごもったのを見て、沙那は疑惑を確信に変えたみたいだった。

私が高部君のこと、好きなんだって。

『親友なんだものっ‼　秋帆が高部君に恋してるんだって、気付かないわけないじゃないっ‼』

言われて、私は思った。

あの『好き』は、私が沙那に向ける『好き』と、何が違うんだろう？　って。

『私に協力してるフリして、いつか高部君のこと奪ってやろうって思ってたんでしょっ⁉』

同時に、思っていた。

そんなこと、絶対にしないって。

『ほんっと、サイテーッ‼　私がどれだけ高部君のこと好きか知ってるくせにっ‼　知ってて、高部君に近付く口実に使ったんでしょっ⁉　秋帆、口下手だもんねっ⁉』

私は、沙那が大好きで。大切に思っていて、感謝してて。

だって、全部沙那のおかげだったから。沙那がいなきゃ、私は何もかもうまくできなかったから。

だから少しでも、沙那の役に立ちたかった。沙那の想いを知ってほしかった。沙那に幸せになってほしかった。

高部君のことは、好きだったのかもしれない。だって高部君が沙那のことを見つめて優しく笑うのを見ると、キシキシって音が聞こえたような気がしたから。沙那はもう悲しくも苦しくもないのに、心が軋《きし》む音がしたから。だから私は、私の心で、高部君のことが好きだったのかもしれない。

だけど。……だけど。

沙那の隣で笑う高部君が好きだった。高部君の隣で笑う沙那が好きだった。その間に割り込みたいと思ったことも、成り代わりたいと思ったこともない。

それだけは、絶対に絶対に、ホント。

『違うならなんとか言ったらどうなのよっ!!』

……そう、思ったのに。

『あっ……う、ぁ………』

混乱と、怒りに当てられた緊張で、私はまともに言葉を口にすることができなかった。血の気が引いて、頭がクラクラして、倒れないように立っているのがやっとだった。

違うって、心の中では必死に叫んでいたのに。いつもの沙那なら、そんな私にきっと気付いてくれたのに。

『……なんとか、言ってよ』

泣きそうな顔で、……泣き笑いのような顔でそう言った沙那は、私の心を見てはくれなかった。

その時に、やっと分かったのかもしれない。

沙那は、私の心を見ていないいんじゃない。私自身が気付いていなかった、私の本心を見ていたんだって。

『……答えられないってことは、そういうことなんだ』

泣きそうな顔で私の答えを待っていた沙那は、私が答える言葉を持っていないとさっさと、氷のように冷たい声と眼差しで吐き捨てるように言い放《はな》った。性格も目付きもキツかった沙那には敵も多くて、そういう人からよく『氷みたい』なんて言われてたんだけど、まさしくあの時沙那が私に向けた言葉や視線は氷そのものだった。

沙那はそんな氷で私を刺し貫《つらぬ》いたまま、身を翻《ひるがえ》して行ってしまった。置いていかれた私は、わざわざ捜しに来てくれた他のメンバーが私を見つけてくれるまで、ずっとその場に突っ立ったまま動くことができなかった。

旅行先からどうやって帰ったのかは、記憶にない。気付いた時には私は、家族と一緒に次の新居に向かう車に乗っていた。記憶にはないけれど、多分沙那は最後の見送りにも出てきてくれなかったと思う。旅行先で一方的な喧嘩別れになって、それきり。

新しい引っ越し先は、隣の県だった。隣の県と言っても車で二、三時間、電車に乗れば一時間ちょっとで元いた町に行くことができる。

それでも私は、あの日から一度も、あの町に帰ろうとはしなかった。……帰れなかった。沙那と、高部君がいる町には。

他の友達とはメッセージアプリでやり取りもしていたし、『遊びにおいでよ』と誘われてもいた。でも私は毎回お茶を濁《にご》してその誘いから逃げてきた。

理由は、分かっていた。

私は、沙那に会ってしまうのが怖かった。……ううん、違う。沙那が会ってくれないことが、怖かった。どこもかしこも沙那との思い出にあふれているのに沙那がいない、会ってくれないあの町に行くことが、怖くて怖くて仕方がなかったんだ。

……だけど、そんな町に、今日私はやっと足を踏み入れた。

逃げ回っていたのを、やめたんだ。

「……だって、時間がないの」

スマホを握りしめたまま、力なく机に伏《ふ》せる。顔を横に倒したせいで、部屋の隅に置かれたバケツが目に入った。その中身がチラリと見えて、今度は堪えきれずにポロリと涙がこぼれてしまった。

「私、もう……消えちゃうんだもん……」

砂状病。それが私の死因。

今の私は、もうすでに死んでいる。

「……だから、お願いだよ、沙那」

呟く声が震えていた。体が震えて指先に力が入らない。スルリと抜け落ちたスマホが、もう一度けたたましい音を立てながら机に倒れていく。

「私が消えてしまう前に、私の話を聞いて」

【-19】

砂状病。もしくは失踪病。

文字通り、体が砂になって消えてしまう病。正確には、そういう病気じゃないかと言われている現象。それもジワリジワリと砂に変わるんじゃなくて、ある時、いきなり、瞬《まばた》きひとつするような短さで人体ひとつがまるごと砂になって崩れ去る。その現象に遭遇して初めて、患者と周囲はその人が砂状病だったことを知る。つまり砂状病だと発覚した時には、患者は全員、すでに死んでいる。

致死率はおそらく百パーセント。

感染経路は不明。

一応病気であるとは認識されているけれど、そもそもこれが感染症なのか、遺伝病なのか、先天的な物なのか、後天的な物なのか、もっと根本的な所からして『これが病気であるのか』という部分から解明できていない現象。

発覚した時に患者はすでに死んでいるから、治療法も治療薬もなく、研究自体もめぼしい進展はない。

最古の事例は十数年前にあるらしいのに、世間一般に認知されるようになったのは割と最近の話なんだとか。それに失踪なのか砂状病なのか分からない事例がたくさんあるらしいんだとか。有名な俳優さんが行方不明になっていたのは、自ら失踪したり誘拐されたりしたわけじゃなくて実は砂状病だったからだとかなんとか。

そんな話題に事欠かない世界で、私達は生きている。

――私も、生きていた。

今この瞬間も、世界で、日本で、もしかしたら自分のごく近くで、砂になって消えていっている人がいるのかもしれない。それが確かな事実であると知っていながら、私達はそのことを決して実感できていない。

だって、ほんとに体感してみなきゃ、何がなんだか分からない。

誰がなるのか分からない。防ぐ方法も分からない。死んだことさえ分からない。そんなないない尽くしな病気に警戒して生きろ、だなんて、現実味がなさすぎる。

——私もずっと、そうだった。

ないない尽くしの病気。砂状病。

この『病気』と仮定した現象があまりにも絶望的なものだったせいか、あるいは現実味が薄すぎたせいか。……この病気には、不思議な都市伝説が付き纏《まと》っていた。

それは。

「発症して体が崩れたのち、二十四時間だけ、生前と同じ姿で、己が望んだ場所で行動することができる」

その都市伝説の中にいる私は、……その二十四時間の余命の中にいる私は、部屋の姿見に映り込んだ自分に向かって囁《ささや》いた。ひた、と鏡に手を添えると、鏡の中の私も同じように鏡面に手を添える。

いつもより顔色が悪く見えるけど、その原因は多分、砂になって崩れたせいじゃない。

だから今の私は、まったくいつもと変わらないってことになる。

私はチラリと床に放り出したスマホに目を向けた。カウントダウンアラームは、もうすでに私の寿命があと五時間しかないことを示している。

その表示を見て私はキュッと唇を噛みしめた。

私が砂になって崩れたのは、学校の昼休みのことだった。海外旅行に行っている両親から授業中に着信が入っていて、昼休みの時間帯なら時差を考えても電話して大丈夫かな、なんて考えながら、一人でちょっと校舎の外に出た時のこと。

『もう。二人とも時差ボケのせいか、テンションが上がってるせいか、私が普通に学校に行ってること忘れてるんじゃない？』なんて呑気《のんき》に心の中で文句を言っていた私は、突然響いたザザザッという音に体を強張《こわば》らせた。だってそんな音を立てる物も人も、私の周囲にはなかったから。

反射的に体を強張《こわば》らせて、ソロリと周囲をうかがって、でも異変は見つけられなくて、なんかいきなり全身がザラザラして気持ち悪くなったな、なんて思った時、私はようやく自分の足元に、自分を取り囲むように砂山ができていることに気付いた。まるでいきなり現れた小さな砂場の小さな窪地《くぼち》の中に入り込んでしまったかのような状態だった。

『……え？』

意味が、分からなかった。だって何がどうなったらそんな状態に行き合うのか、全然分かんなかったから。

混乱した私がとっさに思ったことは、『手もザラザラしてて気持ち悪い』ってことで、頭の中に浮かんだのは自宅のお風呂だった。きっとこの全身のザラザラを洗い落としたいって思ったんだと思う。

その、次の瞬間。

『……は?』

私は、瞬きひとつした間に、自分の家のお風呂の中に立っていた。

『……え。何これ?　何なに?　なんなの?』

一瞬、夢でも見てるんじゃないかと思った。眠れない夜にウトッとした瞬間に見る、意味が分からない悪夢。

だけど、いくらほっぺを殴ってみても、お腹のお肉をつまんでひねってみても、痛いばかりで目は覚めてくれなかった。全身に纏《まと》わりついた砂が、私の動きに合わせてパラパラと落ちていくばかりで。

『……そうだ。シャワー、浴びよう』

混乱していた私は、自分に言い聞かせるように呟いて、砂まみれの制服を脱いだ。そのまま洗濯機や洗濯籠《かご》に入れるとジャリジャリして後からママに怒られそうだと思ったから、脱いだ服はキッチンに転がっていたバケツにひとまず入れた。

シャワーの蛇口をひねって、しばらく待って、ようやく温かくなったお湯を頭から浴びた。ジャリジャリとした感触は流れていったけど、冷え込みも増してきた十一月の終わりにシャワーだけじゃやっぱり寒くて、ちゃんと湯船にお湯を溜めれば良かった、なんて本題から外れたことを一瞬考えていた。

髪からジャリジャリした感触が取れて、肩や腕を撫でるように砂を洗い落とし始めた辺りで、私は少しだけ冷静になることができた。

砂。……砂状病。

全身が砂になって、体が崩れて消える病気。

またの名前を失踪病。遺体が砂になって消えてしまうから、『死んだ』っていう証拠がどこにも残らなくて、自分から消えたのか、消えてしまったのか分からないから。

『……私、死んだの？』

そこまで思って、ようやく私はそのことに気付いた。

『え……なんで？　だって、私、今……』

体に降り注ぐシャワーは熱いくらいなのに、指先の震えが止まらない。頭の芯まで冷え切っていて、こういう状態が頭が真っ白《まっしろ》になるってことなのか、なんて、余計なことばかりが思い浮かんだ。

『こうやって、ここで、こうして……』

声が、震える。唇も震えているのか、出しっぱなしのシャワーが口に入ってきてむせそうだった。

キモチワルイ。頭がクラクラする。

なんで、これ、どうして、一体……

『……もしかして』

そのまましゃがみ込みそうになった瞬間、ふと、一時期学校で噂になっていた話を思い出した。

砂状病の都市伝説。

『発症して体が崩れたのち、二十四時間だけ、生前と同じ姿で、己が望んだ場所で行動することができる』

……じゃあ私は今、その『死後の二十四時間』の中にいるってこと？　あの噂は、本当だった？

もう体に纏《まと》わりつく砂は全部流れ落ちていたけど、シャワーを止める気になれなかった。熱いくらいのお湯の中で、震えが止まらない体を自分で抱きしめながら、私は止まりそうな頭を必死に動かし続ける。

……私は、あと二十四時間しか生きられない。二十四時間を過ぎたらどうなってしまうのかは、聞いたことがないから分からないけど……。だけど今、もう肉体的には死んでいるわけで……あれ？　じゃあ今この『私』って、一体なんなんだろう？　もしかして、『二十四時間後に死んでしまうことが確定している状態』っていうのが、一番正しい説明になるのかな？

……死ぬ。死んじゃうんだ、私。

何をどう考えても、最終的には意識がそこに戻っていってしまう。他のことを考えられない。

だって私、まだ高校生なんだよ？　今度のテスト範囲のこととか、友達関係とかに悩むことはあっても、自分の死について悩むことなんて一度もなかった。

自分はこのまま高校を卒業して、どこかの大学に入って、社会人になる。その頃の私がどこにいるかは分からないけれど、そうやってごくごく普通に未来は続いていくんだと、ずっと思ってきた。ううん。意識してそう思うことさえ、なかった。考えたり思い悩んだりしなくても、ごくごく当たり前にそうなっていくんだろうって、無意識の内に思ってきたから。

だけど。だけど、だけど。

もう、私には……

——どうすれば、いいんだろう。どうするのが、正しいんだろう。

ドジで、トロい私は、いつだって自分で物事を決められなかった。でも今は、誰も私の代わりに決めてくれない。

私が、決めなきゃ。

震える指を組み合わせてギュッと握る。そうすると少し落ち着くことができるんだよって教えてくれたのは沙那だった。ブラスバンド部で大会に出る時、緊張でガッチガチになってた私を、そうやって励ましてくれたんだ。

『……沙那』

ぽつりと呟いたら、涙がこぼれた。

中学卒業の春に喧嘩別れになったまま、高校二年の冬になってしまった。いつか謝りたい、今日こそは、でもどうやったらって思うばかりで、私はあの日からずっと沙那に連絡を取ることができなかった。

……怖かったから。氷のような沙那に相対するのも。あんなにいつも私の心を汲《く》み取ってくれていた沙那に私の心が伝わらないということを再び実感してしまうのも。……自分の本当の気持ちに向き合うことも。

でも。

――……ねぇ、このまま消えてしまって、いいの？

私の心にそうやって問いかけてくれたのは、誰だったんだろう。

――ずっと逃げ続けてきたね？　でももう、逃げることもできなくなっちゃうんだよ？

もしもこの二十四時間の間に決断できなくて、行動もできなかったら。

私はこのまま、消えてしまう。混乱したまま、イヤイヤ言ってうずくまって泣いているだけでもこの二十四時間は刻々と過ぎていくんだ。

消えてしまったら、もう沙那に『ごめんね』って言えなくなる。私達は、一生喧嘩別れをしたままで終わってしまう。

――ねぇ、それで本当にいいの？

『～～～っ!!』

私は思いっきり両腕を広げると、そのままためらいなく両頬を叩いた。両側から挟むように叩くと、痛みと衝撃が脳を突き抜けていく。

『良くないっ!!』

叫んで、そのまま勢いよくシャンプーのボトルの頭を押した。ジャッコジャッコ押して、ガッシガッシ頭を洗う。どうせ全身ずぶ濡れになっちゃったんだ。もう全身洗ってやれっ!!

『まずは身だしなみからっ‼　お姉ちゃんだって、沙那だってそう言ってたっ‼』

『お姉ちゃん』って叫んだ瞬間、またジワリと涙がにじんだ。そうだ、もう家族にも会えないんだ……

大学進学を機にお姉ちゃんは一人暮らしを始めた。登山サークルに入っていて、ちょうど今日はどこかの山に泊まりがけで登ってるって、この間電話した時に聞いた。

お姉ちゃん、ママ、パパ、……それに沙那。

全部、大切な人。本当はみんなに会いたい。だけど、二十四時間で全員に会いに行くのは不可能だ。絶対に時間が足りない。

……だったら、私は。

私が、今会わなくて一番後悔する相手は、やっぱり。

――やっぱり、沙那、だから。

またにじんだ涙を、グッと奥歯を噛みしめて堪える。それでもシャワーのお湯に混じってボロボロと涙がこぼれていったのが分かった。

――……私、旅行に行くママとパパに、ちゃんと笑って『行ってらっしゃい』って言ったっけ？　お姉ちゃんに最後に会った時、ちゃんと『またね』って言ったっけ？

『っっっ！　泣くのっ！　あとっ‼』

もう一度叫んで、リンスを丁寧になじませて、体を洗ってお風呂から出る。お風呂の外は相変わらず寒くてブルリと体は震えたけど、もうたじろぐことはなかった。

体を拭《ふ》いて、髪を乾かし、予備の制服を着た。私服にしなかったのは、あれこれ服に迷いたくなかったから。それと……、沙那に、一度も高校の制服姿を見てもらってなかったなって、思ったから。

もう一度しっかり身だしなみを整えた私は、玄関の中で深呼吸をした。

……私は、学校から家のお風呂まで瞬間移動していた。混乱していて意味が分かってなかったけど、きっとあれも砂状病の都市伝説の『思った場所で行動できる』ってやつなんだと思う。だったら、今の私は……

深呼吸を繰り返しながら、沙那が通っている高校を頭の中に思い浮かべる。かつて私が暮らしていた町。有名な学校だったから場所は知っていたし、何回か前を通ったこともある。

必死に頭にその光景を思い浮かべること数秒。

フッと、私の傍《かたわ》らを風が駆け抜けていった。冷たい、切れるような風。家の中にいたら、絶対に感じない風。

ソロリと目を開けた私は、結果が予想できていたはずなのに大きく目を見開いていた。

頭に思い浮かべていた通りの景色の中に、自分が立っていたから。

「……どうしたら」

そこまで思い出して、私は力なく呟いた。

会えばすぐに分かりあえるなんて都合のいいことは思っていなかった。だけど、あそこまで頑《かたく》なに話を聞いてもらえないとも思っていなかった。

沙那は、今でもあの時のことを怒っている。私のことを許していないし、許すつもりもない。

——謝りたくても、まずその言葉を聞いてもらえなかったら……

モヤモヤとしたものが、私の胸を埋《う》める。砂になって崩れた直後は焦りや恐怖の方が強かったと思う。だけど時間が経つごとに、このモヤモヤが私の中で強くなっていく。

——途方に暮れてるから？　感覚がマヒしてきたから？

「どうしたら、沙那と話せるの？」

とにかく昨日、私は沙那に会いに行ったわけだけど、沙那は私を拒絶して、話どころか声さえ聞いてくれなかった。あの後、硬直が溶けてから沙那の家まで行ったんだけど、結局私は沙那の家のチャイムを押すことができなかった。

だったらせめてと思って、ずっと沙那宛てには使えなかったメッセージアプリでメッセージを送った。

『今日はいきなり押しかけてごめんなさい』

『でも、どうしても話を聞いてほしいの』

『メッセージでもいいし、電話でもいい。できれば直接会いたいです。返事をして』

必死にメッセージを送って、既読マークがつかないって分かってからは勇気を出して電話もしてみた。だけどどれにも沙那は反応してくれなかった。

そのまま、夜が明けた。

私はもう、今日のお昼には消えてしまうのに。

「どうしたら……」

やっぱり直接会いに行くしかない。もう朝の登校時間に捕まえるしかないだろう。

でも、捕まえることができても、そこからどうやって話を聞いてもらったらいいんだろう。

「沙那、どうして……」

呻《うめ》くような声が漏れる。

その時、私はふと、思った。

「……どうして？」

――どうして沙那は、こんなに私に怒っているんだろう？

それは、私が高部君を好きになったからだろう、と心の中の誰かが答える。いつもはそこで終わっていた。

だけど、終わりに急《せ》き立てられている私は、さらに踏み込んだ問いを呟く。

――なんで沙那は、そんなことをあの時、急に思ったんだろう？

急ではなかったのかもしれない。沙那の心の中に少しずつ降り積もっていた感情に私が気付いていなかっただけで、それがあの瞬間に爆発してしまっただけなのかもしれない。

だけど。だけど私は、沙那がそう思うに至った理由を知らない。聴いて、いない。

なんで沙那があの時あんなに怒ったのか、そして今も同じだけの怒りを向け続けているのか、その理由を、私は全然知らない。

モヤッ、と。

また私の胸の中で、モヤモヤが大きくなった。

「どうして」

沙那が、大好きだった。その沙那が、目の前であんな勢いで怒った。その怒りは真《ま》っ直《す》ぐに私に向いていた。

だから私は、無条件に私が悪いんだって思った。だから謝りたかった。ずっとずっとそう思い続けてきて、でも勇気がなくて、いつ言おう、今日は言えない、また言えなかったっていう堂々巡りを、ずっと繰り返してきた。

でも、それって。

私が『好き』っていう感情を深く見つめようとしなかったのと一緒で。

……私、は。

また、見ているつもりで、見ないフリをしてきたんじゃ、ないかな？

このモヤモヤは、きっと、そんな私の胸の中で成長してしまった……

「……っ」

怒り、だ。

私はギリッと歯を食いしばると、スマホも手に取らないまま一直線に玄関に向かった。放り出してあったローファーに足を突っ込んで、目を閉じて沙那の家の玄関前を思い浮かべる。慣れた場所を思い浮かべた方がやっぱり移動がしやすいのか、昨日沙那の学校に移動した時よりもずっと早く周囲の空気が変わった。

ガチャッ、と、すぐ近くで重たい扉が開く音がする。目を開けると、いつだって心の底からうらやましかった黒髪をなびかせて沙那が玄関から出てきたところだった。

いつだって前だけを見つめていた沙那は、俯《うつむ》きがちに外に出てきた。だからすぐ傍《かたわ》らに私がいることにも気付かない。

「沙那」

私はそんな沙那に真《ま》っ直《す》ぐに声を掛けた。弾《はじ》かれたように顔を上げた沙那がサッと顔中に怒りを広げる。

だけど今日の私は、置いていかれたりなんかしない。

ううん、今日は逆。

沙那を待ってなんか、あげないっ!!

私は勢いよく沙那との間を詰めるとまずは逃げられないように沙那の腕を掴んだ。キッと私を睨《にら》んだ沙那が昨日と同じように私の腕を払い落とそうとする。

だけど私はそれを沙那に許さなかった。

バシッ!!　と鈍い音が響いて、沙那の髪が揺れる。一度力に従って首を振った沙那は、すぐに『何が起きたのか分からない』って顔で私を見上げてきた。

「沙那、久しぶり」

私は沙那のほっぺを引っ叩《ぱた》いた手をそのままに、沙那を真《ま》っ直《す》ぐに見据《みす》えて口を開いた。喉をすり抜けてくる声は自分でも『え?　こんなに低い声出せた?』って思うくらいに低い。

「久しぶりで悪いけど、私、すごく怒ってる」

そんな私に沙那が大きく目を見開いた。私自身がビックリしてるくらいだもん。沙那だって私がこんなに怒ってるところは見たことがないんだろう。

「だって、謝りたくても、何に謝ればいいのか分かんないんだもん……っ!!」

私は見た目も冴《さ》えなくて、鈍臭《どんくさ》くて、ドジだったけど、力だけは沙那よりあった。その馬鹿力を見込まれて、ブラスバンド部時代、体格がいい男の子に混じって重低音金管楽器を演奏していたくらいには。

「ちゃんと説明してよ沙那っ!!　ちゃんと言ってくれたら謝れるからっ!!」

グッと沙那の腕を掴む手に力を込めると沙那は少し眉をしかめた。私が馬鹿力のまま握っているから痛いのかもしれない。

「沙那、私にあの時『サイテー』って言った!　でも、沙那だっていい勝負だよっ!!　あんなの、ただの八つ当たりじゃんっ!!」

でももう、逃がさない。逃がしてあげない。

「私の何がダメだったのか、私は沙那に謝りたいっ!!　だから、まずは沙那がきちんと説明してよっ!!　きちんと怒ってよっ!!」

その覚悟とともに、私は沙那と出会ってから初めて、自分から沙那に喧嘩を吹っかけた。

【-20】

「な……なんなの、こんな……。待ち伏せして、いきなり引っ叩《ぱた》くなんて……」

真《ま》っ直《す》ぐ言葉をぶつけた私は、俯くことなくただひたすら真《ま》っ直《す》ぐ沙那を見つめている。そんな私の視線を受けた沙那は、しばらく視線をユラユラとさまよわせると力なく顔を背けた。

いつもとは逆。なんだか、私の方が沙那より強いみたい。

「DV彼氏みたいなマネして……お、大きな声出して、人呼ぶから……っ!!」

「させない」

私はギリッと沙那を掴む手に力を込め直した。同時に、記憶の中にある思い出の場所を思い浮かべる。

ユラリ、と、また周囲の空気が変わった。そのことに気付いた沙那がハッと顔を上げて、次いで大きく目を見開く。

「……え」

「ここなら、大きな声出しても、聞かれない」

　私達二人が立っていたのは、昔二人でやってきては秘密の話をしていた大きな川にかかる大きな橋の下だった。遊歩道が整備された河川敷は人気《ひとけ》がなくて、ひっきりなしに車が行き来する橋の下は車の音にかき消されて多少の声は周囲に届かない。中学から私達が住んでいたマンションに帰るまでの通学路の近くにある場所で、私と沙那は学校帰りによくここに寄っては誰にも聞かれたくない話ばかりしていた。

　――この瞬間移動みたいな力、相手を巻き込んで使えたんだ……

　自分でやっといて、自分の行動に驚いていた。同時に『確かにこれDV彼氏がいかにもやりそうな行動だよね』なんて思う。

「や……な、なんで？　私、さっきまで、家の前に……」

　だけど、そんなことは何もかも後。

　今は、そんなことイチミリだって考えてる場合じゃない。

「沙那、聴いて」

　私は沙那の手を離すと両手をそっと沙那の両肩に置いた。普通ならあり得ない現象に巻き込まれたせいなのか、沙那は私に怒りを向けることも忘れてビクッと肩を跳《は》ね上げる。

「高部君のこと」

沙那の目が、初めて怒り以外の感情と一緒に私に向けられた。

「私、確かに高部君のこと、好きだったと思う。だけどそれは、沙那がいたからこそだったの」

恐怖。

沙那の視線を染めていたのは、圧倒的な恐怖だった。こんな場所に瞬間移動みたいに連れてこられたこと。いきなり私が沙那に対してキレたこと。沙那のほっぺを全力で引っ叩《ぱた》いたこと。そのどれに沙那が恐怖しているのかは分からない。

だけど、沙那が私に怯えてるってことだけは確かだった。そのことにチクリと心が痛む。

話を聴いてもらいたかった。沙那に対して怒ってもいた。

だけどこんな風に怯えさせたかったわけでもなければ、痛い思いをさせたかったわけでもないのに……

「沙那と一緒に笑ってる高部君が好きだったの。あの時の私は、『好き』は『好き』しかないって思ってた。『好き』に種類があるなんて知らなかったの。沙那に向ける『好き』と高部君に向ける『好き』が違うってこと、気付いてなかったの」

私は必死に言葉を紡《つむ》いだ。沙那を怖がらせてることに対する悲しみも、その恐怖を利用して沙那に話を聞かせようとしている罪悪感も呑《の》み込んで。

だって、この瞬間を逃《のが》したら、もう言えないかもしれない。

そんな恐怖が、私のことを突き動かす。

「私は、沙那の言う通りに高部君が好きだったのかもしれないって、あの時思ったし、今でも思ってる。でも、私、絶対ないって言える。沙那が言うみたいに高部君を沙那から奪おうとか、沙那に成り代わって高部君の彼女になろうとか、そういう感情は絶対なかったの……っ!!」

今でも覚えてる。沙那と高部君の幸せそうな笑顔。

私は、ずっとそんな二人を見ていたかった。転校があんなに辛かったのは、そんな二人から無理やり自分が引き離されてしまうんだって思ったからで。

多分、私は、寂しかったんだ。二人が恋しかったから、その分その感情も深くて。

「そう、ずっと、言いたくて、伝えたくて……っ!!」

あの時、私の喉につっかえて言葉を奪ったのは、きっとこの悲しさだったんだ。

沙那にはこの悲しさは分からない。だって沙那はいつだって置いていく側で、いつだって見送る側でもあって。

置いていかれて焦りとともに腕を伸ばす感覚も、旅立ちたくない場所から無理やり引き剥《は》がされる痛みも、沙那は知らない。『みんなで最後の思い出を作りたい』っていう気持ちは、沙那にはきっと分からない。

だって、人は、自分が体験したことしか理解できないから。

この病気《砂状病》の認知が一行に進まないのと一緒で。

「あの時の私、色んなことがグチャグチャになってて、言えなかった。でもずっと、沙那に伝えたかったの……っ!!　ずっと、謝りたかったの……っ!!」

だからこそ私は、知りたいって思った。私の悲しさが沙那に絶対伝わらないように、沙那が抱える思いもきっと、私には分かることができないから。

だから、せめて、言葉に出して説明してほしい。

怒っているなら怒っているんだって。悲しいなら悲しいんだって。

何も言わずに一方的に怒って、自分が言いたいだけ言ったら耳をふさいじゃうなんてズルい。すごく自分勝手だ。

そうなんだって、自分が死んでから、やっと分かったんだ。

「ねぇ、沙那。私、沙那の言葉を聴きたい。沙那がなんでそんなに怒ってるのか聴きたい。だって私、分かんないんだもん。ドジで、バカで、鈍臭《どんくさ》い私じゃ、沙那がなんであんなことを思ったのか分かんないよ……っ!!」

沙那の肩に置いた手にギュッて力がこもった。でもそれは沙那を逃がさないためじゃない。だって沙那はずっと、立ち尽くしたまま無防備に私の話を聞いている。

視界がぼやけて何も見えなくなっていた。ボロボロ涙がこぼれていたから。私はもう、沙那の肩に置いた手に力を込めていないと立っていられないんだ。

怖かった、から。

怖くて怖くて、しゃがみ込んでしまいたかったから。

「私、沙那に適当なこと言いたくないっ!!　沙那のこと、大好きだから……っ!!　だから、適当に謝って、それで終わりってしたくない……っ!!」

こんな風に心から叫んだことなんて、一度もなかった。沙那にも、家族にだって、こんな風に感情をぶつけたこと、なかった。

私はいつも誰かに引っ張ってもらっていて、自分の足と頭で進んだことって、思えばあんまりなくって。だから自分の心の中だって、よく分かっていなかったのかも。誰かに『秋帆はこう思ってるんだね』って言われたら『そうなのかも』なんて、深く考えずに同意していたのかも。そんな状態でここまで来てしまった。

だから今、怖くて怖くて仕方がない。全部さらけ出した心をぶつけて、受け取ってもらえなかったらって。

でも、それでも。たとえ受け取ってもらえなかったとしても。

沙那にこの気持ちを知ってもらいたいっていう衝動は、もう抑えきれないんだ。

……私の、沙那を『好き』っていう気持ちは、こんなにも大きかったんだ。

こんなに大きな声で自分の心をさらけ出して叫んでしまうくらい、沙那のことが大切だったんだ。

「謝るなら、ちゃんと心から謝りたいの。沙那がどうしてこんなに怒っているのか、ちゃんと分かって、ちゃんと理解して、心から謝りたいの」

また沙那の肩に置いた手に力がこもる。きっと痛いだろうなって分かってる。

でも私は、この手の力を緩《ゆる》めることはできない。緩《ゆる》めたら崩れ落ちるって、分かっているから。

「だから、教えてよ、沙那……。なんであんな風に怒ったの？　なんで今もそんなに怒ってるの？」

涙声で、結局グチャグチャで、もう自分でも何を言っているのか分からない。

……ねぇ、沙那。私が何って言ってるか、伝わってる？

私の心は、届いてる？

「ちゃんと『さよなら』って言わせてよ、沙那ぁ……っ!!」

結局私は、情けなくすがって泣いてしまった。言葉が途切《とぎ》れた後は、嗚咽《おえつ》しか出てこない。顔も知らない間に下を向いてしまっていて、今沙那がどんな顔で私を見ているのかも分からない。

「……秋帆……」

だから、沙那がどんな顔で私の名前を呼んでくれたのかも、分からなかった。

「……ヒロ、ね。……私の隣にいながら、秋帆のことばっかり見てたの。……そんな風に、見えてたの」

だけど、ポツリと零《こぼ》すように話してくれた声は、聞こえた。

ヒロ。懐かしい呼び方。

そうやって高部君に呼び掛けていたのは『彼女』だった沙那だけ。

沙那はその特別な呼び方で、高部君のことを口にした。

「私、すごく、ヒロのことが好きで。……すごく、必死で」

「……うん」

「告白するまでも必死だったけど、……彼女、に、なってからも、必死で」

「うん」

「彼女になったら、みんな敵に思えて。……ヒロが見てる女の子は、みんな、敵みたいに思えて」

私は、思い切って顔を上げた。

すぐ目の前にある沙那の顔。その顔は私に真《ま》っ直《す》ぐに向けられていて、でも、私は知らない表情を浮かべていて。

「秋帆が敵なわけ、なかったのに」

沙那は、泣いていた。雨の中で迷子になった小さい子供みたいに頼りない顔で。強さなんて欠片《かけら》もない顔で。

「私、それを知ってたはずなのに。秋帆まで、敵に見えて……っ!!」

クシャリと、沙那の顔が歪《ゆが》む。

そんな沙那を私はとっさに抱きしめていた。私の瞳から零《こぼ》れる涙が沙那の制服の肩から転がっていくように、沙那が零《こぼ》す涙が私の制服の肩口に落ちていく。

「私、耐え切れなくて……っ!!　あの日、ヒロが、縁結びの神様にお参りしてた秋帆のこと見てたの、すごく気になっちゃって、っ……それで……っ!!」

「うん」

「八つ当たりだって分かってたのに……っ!!　どんどん言葉が、エスカレートしてっ、……っ、止まら、なくて……っ!!」

私が抱きしめても、沙那の手は私の背中に回らなかった。沙那の両手はギュッと固く握られていて、何かに必死に耐えている。

それは、沙那の強さ。簡単に相手にすがってしまう私と違う、相手にすがることを良しとしない、沙那の強さだ。

「許せなかったの……っ!! 何が許せないのかも分からなくて……っ!! あの後、結局ヒロともうまくいかなくて、すぐに別れることになっちゃって……っ!!」

その強さが、時に他人だけじゃなくて沙那自身まで傷付けているんだって、知ってた。ずっと沙那を見続けてきた私は、知ってた。

でも今、その拳を解《ほど》くのは、私の役目じゃない。

「全部全部、秋帆が悪いんだって思い込んだの……っ!! そうしなきゃ、私、耐え切れなくて……っ!! 傍《そば》にいなくなった秋帆なら、いくら憎んだっていいって、すごく自分勝手なこと……っ!!」

「……それでも、良かったんだよ」

私は沙那を抱きしめる腕に力を込めた。そういえばこんな風に抱きしめたのも、初めてだっけ。

「沙那が楽になれるなら、それがきっと正しかったんだよ」

ずっと、一緒にいたのにね。

ずっと一緒にいたのに、こんな風に本音を叫び合ったのって、初めてだよね。こんな風に抱きしめたのも、すがったのも初めてだよね。

もっと早く、こうしていれば良かったのにね。九年も一緒にいたのに、何してたんだろうね、私達。

……沙那、私ね。

最期にこうやって沙那を抱きしめることができて、すごく、嬉しいよ。

「沙那、ごめんね」

私は、そんな全部をひっくるめて、沙那にごめんねを言った。

「ごめんね」

沙那の呼吸が引きつれる。そう思った瞬間、沙那は叫ぶように泣いていた。

沙那の手が私の背中に回る。きつく握りしめられていた手が、遠慮がちに私の制服の背中をつまむ。

だから私は、沙那の肩口に顎を乗せてもう一度泣いた。

あれだけ本心を叫んだくせにどうしても言えなかった自分の最期を思って、もう一度心の底から泣いた。

【-24】

「……もう、ヤダ。絶対明日、目腫《は》れるじゃん」

スンッと鼻を鳴らしながら、嗄《か》れた声で沙那が呟く。隣に並んで座った私は、そんな沙那に苦笑を向けた。

「帰ったら、ちゃんと目元冷やさなきゃね」

「てか、学校行きそびれた」

「サボったの、バレちゃったかな？」

「バレてるに決まってんじゃん。心配されてるかも」

そう答えながらスマホを取り出した沙那は『あ～……』って呻《うめ》いてからスマホを片付けた。もしかしたら沙那のママや友達から鬼のようにメッセージが来てたのかもしれない。

「てか、秋帆は良かったの？」

「うん？」

「秋帆だって、学校サボってるじゃん」

「あ～……」

なんなら昨日の昼休みから周りに何も言わずに姿を消しちゃったわけだから、沙那以上に周りから心配されているかもしれない。というか絶対されてる。沙那のことに必死になりすぎてて、他のことにまで気を回してる余裕がなかったんだよね。

「……うん。私は、いいの」

みんな、ごめんね。

でも私、後悔はしてないんだ。

「良くないでしょ？」

沙那が、真《ま》っ直《す》ぐに私を見て小首を傾《かし》げた。その視線に怒りはなくて、氷みたいな冷たさもなくて。

まるで氷が溶けた後みたい。同じ温度でも、温かさが余計に身に染《し》みる。

だから、……だからこそ私は、笑って沙那に答えた。

「お別れを言いに来たってことで、みんな納得してくれるよ」

そんな私の言葉に沙那は顔を曇《くも》らせた。何かを考えた沙那は、言いにくそうに言葉を口にする。

「また、お父さんの転勤？」

「今までよりもずっと遠くに行くことになっちゃって」

「じゃあ、もう会えないってこと？」

嘘はつきたくなかったから、曖昧に言葉を濁《にご》した。そんな私の言い回しに気付いていない沙那はさらに顔を曇《くも》らせる。

「あんな態度取って勝手なこと言ってるって分かってるけど、……秋帆と、また、こんな風に……」

「嬉しい」

ポロリと、言葉が勝手に零《こぼ》れていた。その言葉を拾った沙那が顔を跳《は》ね上げる。『だったら』という感情が沙那の顔に躍《おど》るのが分かる。

だけど。

「でも、ごめんね」

だけどもう、曖昧なお別れはしたくなかった。

「本当に、遠くに行っちゃうから」

沙那が寂しそうに顔を伏《ふ》せる。

ほんとはそんな顔をさせたくない。させないために、少しでも期待させるようなことを言ってしまいたい衝動に駆られて、少しだけ唇が動いた。

だけど私は、声が漏れる寸前でその唇を引き結ぶ。

絶対にやっちゃいけないことだから。私みたいに『きっといつか』なんて感情を引きずって生きるようなことを、沙那にはさせたくないから。

「だから沙那。さよならって、きちんと言わせて？」

だから私は、綺麗な終止符を私達の間に置くことを望んだ。私は、沙那を置いていきたくて置いていくんじゃないよって。沙那のせいなんかじゃないよって。それを、伝えるために。

一度顔を伏《ふ》せた沙那は、ゆっくりと顔を上げて私を見つめた。じっと、心の底を見透かすかのように私を見つめる沙那を、私も静かに見つめ返す。

今ならきっと、それだけで伝わるものがあると、思ったから。

「……分かった」

先に視線をそらしたのは沙那だった。ジワリとにじんだ涙を無理やり手の甲で拭《ぬぐ》って蹴散らした沙那は、立ち上がって私と相対する。そんな沙那に、私も立ち上がって向かい合った。

冷たい風が、私達の間を駆け抜けていく。沙那の強さに似た冷たい風。沙那を思わせる氷の季節は、沙那が好きな季節だった。

「今日は、来てくれてありがとう、秋帆。私を見捨てないでくれて、……ありがとう」

「沙那、私と真正面から向き合ってくれて、ありがとう」

ぎこちなく笑い合ったら、また涙が零《こぼ》れた。なぜか沙那も泣いてる。それが面白くて、切なくて、私は笑顔も涙もさらに溢《あふ》れさせてしまった。

「バイバイ、沙那」

「バイバイ、秋帆」

笑って、別れを口にして。

目を、閉じた。

「……──────」

冷たい風が消える。籠《こも》った空気特有の熱に目を開けると、飛び込んできたのは見慣れた家具と大きな姿見。

「……やった」

誰もいない私の部屋。

姿見の前にズルズルと座り込んだ私は、鏡に手を添えて呟いた。

「私……沙那と、仲直り、できたんだ……」

鏡の中の私も、私の手に自分の手を添えている。

そんな鏡の向こうの私が、ボロボロと涙を流していた。

色んなことが頭の中をよぎっていった。

沙那と一緒にいて嬉しかったこと。沙那と一緒にいて悲しかったこと。初めて沙那と出会った時のこと。一緒に通った小学校。一緒に苦しんだ定期テスト。一緒に悩んだ恋。一緒に過ごした、たくさんの日々。

「私、その最期を、笑顔で、締めくくれたんだ」

鏡の中の私が笑った。ボロボロ泣きながら笑う顔は、やっぱり冴《さ》えないけれど。でも、とても幸せそうだった。

「なぁんだ、私、案外やればできるじゃん」

ピシッ、パキッと、何かが割れる音が聞こえてくる。

氷が割れるみたいな音。……終わりの音が、近付いてくる。

でももう、なんだか怖くなかった。だって私は、笑顔でさよならを言うことができたんだから。

——……あ。最後にまだ一人、言うべき相手に笑顔でさよならを言ってないじゃん。

私は姿見の前で居住《いず》まいを正すと、鏡面に手を添えたまま、最期の挨拶を口にした。

「今まで、ありがとね」

自分自身に向けた言葉に、鏡の中の私がニコッと笑ってくれた。こっちの私も、同じ顔で笑ってるってことだ。

そのことに、心が満たされた気がした。

パキッと、一際《ひときわ》大きな音がして、私はそっと瞳を閉じた。

――さよなら、私。最期に笑ってくれて、ありがとう。

自分自身にさよならを告げて、私は氷の季節の空気の中に溶けていった。


【……】


冷たい風が、私の傍《かたわ》らを駆け抜けていく。今年も、彼女が消えた季節が巡ってくる。

その季節がいつもと違うのは、今年でひとつの区切りがつくってこと。

私は足を止めると空を見上げた。色が薄い、冬の空。何もかもが寒々しい色をした中、一際《ひときわ》冷たい黒に身を包んだ私は、何もない空をひたすら眺め続ける。

高校二年の冬から七年。社会人二年目の冬。

私の幼馴染《おさななじみ》で、親友だった彼女の死亡が、法的に成立した。

「……秋帆のバカ」

七年前のあの日。ずっと連絡ができなかった私のところに押しかけてきた彼女は、あの時点ですでに死んでいたらしい。

砂状病。今でこそ新しい死亡理由として認知されて、死後の余命が二十四時間あることをみんな知るようになってきたけど、当時の私はそんなこと、何も知らなかった。引っ込み思案だった秋帆がどうしてあんなに大胆で強引なことをしてきたのか、分からなかった。

ただ驚いた。ただ不思議だった。

私はあの時、そんな秋帆のことを深く考えようとしなかった。知ろうとしなかった。

「……でもそんなの、私が一番バカだ」

知ろうとしない。それが愚かさの極みだって理解できたのは、いつのことだったんだろう。

……ううん、きっと私は今でも本当の意味では理解なんてできていないんだ。ただなんとなく分かったつもりで、日々は淡々と続いていく。うずくまり続けた、あの高校時代と同じように。

——ねぇ、秋帆。秋帆はどうしてあの時、最期の二十四時間を私に使おうと思ったの？

秋帆が最期の二十四時間を私のために使ってくれたんだってことを、私は秋帆が消えて、しばらく経ってから知った。

秋帆のお母さんから『秋帆が行方不明になった』って連絡を受けて、私が最後に会ってた人間だったって分かって。警察の捜査が進むうちに『これは砂状病案件だろう』って話になって。秋帆の家族はそんなの受け入れられなくて、必死に捜索して。でもそれは無駄な足掻《あが》きなんだって、数年をかけて理解していって。

そうやってみんな、徐々に秋帆の死を受け入れていった。今日のお葬式でだって、みんな秋帆の死を受け入れた顔をしていた。

ただ、私だけが。

秋帆と最後まで会っていた私だけが、まだ心のどこかで秋帆の死を受け入れられずにいる。

──あんなに綺麗なさよならをしたから、まだ世界のどこかに秋帆がいるんだって、秋帆はすごく遠い場所にいるだけなんだって、勘違いしちゃってる。

秋帆は、どうして私にあんなさよならを言ったんだろう。どうしてあの時、教えてくれなかったんだろう。

どうして。どうして、どうして。

「……っ!!」

グルグル回った思考回路が、また秋帆に怒りを募《つの》らせる。

その前に私は、自分の手で思いっきり自分の頬を叩いた。この七年の間、何回もやってきた仕草は我ながら堂に入っていて、パンッという小気味いい音の後に痛みと衝撃が突き抜けていく。

だけど七年前、私を無理やり秋帆に向き直らせてくれたあの平手には程遠い。

それがなんだか、ずっと悔しくて。

「……八つ当たり、しないっ‼」

秋帆はいつも、私のことを『強い』って言ってくれてた。

でも、そんなの嘘。私の強さなんて、見せかけだけのハリボテで、中身はこんなにボロボロで弱い。こんな弱い中身を見せないために、私は強く見えるハリボテを纏《まと》っていた。

本当に強いのは、秋帆の方。

あんなに酷《ひど》い八つ当たりをした私をずっと気にしてくれて。私はあんなに酷《ひど》い態度を取ったのに、最期の時間を使い切ってまで、私の心を解きほぐしてくれた。

あの時だけじゃなくて、その前だって、ずっと。

……ねぇ、秋帆。

秋帆はいつも『沙那のおかげで』って言ってくれてたね。でも、そうじゃないの。私、ずっと秋帆に支えられてた。私の弱さを、秋帆が強さに変えてくれてたの。

怖いよ、秋帆。七年間ずっと怖かったの。この日が来たら、……秋帆が『いない』って突き付けられるこの日が来たら、私、立っていられなくなるかもしれないって。

……でも。

「……でも、これだって。……八つ当たりと、何も変わらないよね」

秋帆がここにいてくれたら、オロオロしながら『それは違うよ沙那っ！』って言ってくれたかもしれない。……そんな風に言ってくれる秋帆が思い浮かぶくらいに、なった。

秋帆が大学生になっていたら、どんな風に成長していたんだろう。社会人になっていたら？　どんな大人になってたのかな？　一緒に飲み会とかできたのかな？　どんな会社に就職してたのかな？

そんな風に、ずっと、秋帆のことばかり、考えて過ごしてきた。

……でも、そんな私ももう、卒業しなきゃ。

「……秋帆」

やっぱり何も見つけられない空を見上げたまま、私は親友の名前を呟いた。このお葬式に合わせてバッサリ短くした髪が、広い空を吹き渡る風に吹き上げられて、耳をくすぐるように揺れる。

「……さよなら」

やっと言えた言葉を噛み締めて、ジワリと熱くなる目の奥を感じながら、私は不器用に何もない空に向かって笑いかける。

あの子が消えていった空は、色が淡くて、何もなくて。
春の日差しが似合う彼女には、どこまでも不釣り合いな空だった。

彼女と僕　～豊穣の風の中に、あの日の君の姿を見た～

【-11】

いいにおいと、軽快な音で目が覚めた。まだ寝ぼけた頭のまま布団の中で伸びをすれば、ゴンッと伸ばした手が何かにぶつかる。

「んぁ？」

ゴソゴソと顔を頭上に向ければ閉め切られた扉。隙間からは朝と呼ぶには強すぎる光が漏れている。気になってスマホの時計を確認したら、そろそろ十時になるところだった。

……なんてこったい、盛大な寝坊だ。

隣に並べた布団に視線を向けるが、朝に弱いはずであるユキちゃんの姿はない。……まぁ、そりゃそうだ。もう朝じゃなくて昼だ。いくら朝に弱いユキちゃんでも、さすがにもう活動開始時間を過ぎている。なんとなくゴロンとユキちゃんのいない布団に転がってみたけれど、布団は芯から冷えていた。……これは珍しく、そこそこに早く起きたみたいだ。いつも起き切れなくてふにゃふにゃめぇめぇ、子猫みたいな奇声を上げて、なんだかんだと九時半を過ぎるまでは布団にすっぽりくるまっているくせに。

貴重な休日をほんのり寝過ごしてしまった罪悪感はあるけれど、わふっと漏れるあくびは消えてくれない。……あー……、昨日も大概早く寝落ちたはずなんだけど……。あれ、何時だったんだろう……？

やっと覚醒しつつある頭で昨夜の自分のことを思い出しながら、僕はのっそりと立ち上がった。リビングと寝室を仕切る三枚の扉を端から順番に引いていけば、窓辺に室内物干しが立てられた明るい日差しが差し込むリビングが目の前に広がる。カーテンは全部開けられていて、窓が開いた向こうには気持ち良さそうに洗濯物が揺れていた。裸眼の目を凝《こ》らせば、普段キッチンやトイレに敷《し》かれているミニカーペットまでベランダの手すりに掛けられていた。……なんてこったい、パート・ツー。うちの奥様は休日の朝からなんって勤勉なんだ。

「あ、起きたー？」

その光景に愕然《がくぜん》としながらダイニングテーブルに置いてあった己のメガネを装着する。そうして声に顔を上げるとリビングのすぐ隣にあるキッチンに立つ奥さんの姿が鮮明に見えた。朝から何やらキッチンをフル稼働させている姿にまた驚きながらも、僕はひとまず挨拶らしき言葉を発する。

「おはようございましゅ」

「はい、おはようございましゅ」

ちなみにお互い、噛んだわけではない。同居したての頃、僕が回らない舌で寝ぼけたまま呟いた『おはようございましゅ』という挨拶にえらくウケたユキちゃんが毎朝『おはようございましゅ』と言ってくるから、これが我が家のスタンダードな朝の挨拶になってしまったのである。ユキちゃんは御機嫌が悪いと『お早う御座います』と綺麗な発音で挨拶してくるから、今では普通に『おはようございます』と言われた方がヒェッ⁉となるようになってしまった。

「いやぁ、ほんとによく寝てたね！　もう起きないかと思ったよ！」

「いやいや、そんな縁起でもない……」

いつものように軽快に軽口を叩きながら、ユキちゃんは手にしていた鍋とともにダイニングテーブルの方へやってきた。鍋の中身は何かの煮物であるらしい。ちょうどテーブルの上には空のどんぶりが置かれていて、ユキちゃんはその上で器用に鍋を傾《かたむ》けて中身を景気良くどんぶりに移していく。よく見たら中身ははんぺんで、よく見ていたせいで勢いが良すぎて煮汁がどんぶりの外に勢い良く跳《は》ねたところまで見えてしまった。

「僕、あれ、昨日何時に寝たの？」

己の失態に『あー』と小さく呟いたユキちゃんは空になった鍋を片手にキッチンスペースへ戻っていく。その鍋をシンクに突っ込んだユキちゃんは代わりに台ふきんを取ってテーブルへ戻ってきた。

「んーと、十時前だったかな。スヤスヤ気持ち良さそうに寝てたから、そのまま放置しといたけども」

「うわぁ、マジか。約十二時間も爆睡してたってことか……」

「一回も目覚めなかったの？」

「いや、もうグッスリ」

「寝る子は育つって言うけど、君はもうそれ以上育たなくても良くない？」

台ふきんでテーブルにこぼれた煮汁をふき取り自分のズボラの証拠隠滅を図《はか》ったユキちゃんは、そのまま腰に両手を置いてじとっと僕を見つめる。

「それ以上育つと、お布団に納《おさ》まらなくなっちゃうよ」

僕の身長は約百八十三センチ。成人男性の平均から十センチははみ出ている。そのせいで思いもよらぬところで頭をぶつけたり、やたら目立ったりといらぬ恩恵を受けたこともそこそこある。

――一番ぶつかって痛かったのは、ユキちゃんが勢いよく開けたシンク上の吊戸棚《つりとだな》だったなぁ……

女性の平均身長ピッタリであるらしいユキちゃんにとって、吊戸棚《つりとだな》の扉は『頭上を通過する物』であって『顔面にぶつかる物』ではないらしい。そのことがまだ判明していなかった頃、ユキちゃんは、僕が隣にいるにもかかわらず勢いよく吊戸棚《つりとだな》を開けて見事に僕の頭部を吹っ飛ばそうとしてくれた。……うん。痛かったなぁ、ほんとに。

「それは……困る」

「でしょ？」

もそりと答えると、ユキちゃんは神妙に頷いた。それから再びキッチンへ戻っていく。

テーブルの上には今できあがったはんぺんの煮物にきんぴらごぼう、卯の花、こんにゃくの煮物、煮魚、サラダと何やらこれでもかとおかずが並べられているにもかかわらず、ユキちゃんはまだ何かを製作中らしい。二口コンロの片方にはまだお鍋がかかっていて、そこからコトコトと美味《おい》しそうなにおいのする湯気が上がっていた。

「こんなに一杯、どうしたの？」

自分の定位置である窓を背にする椅子に座って、改めてテーブルの上を見回してからユキちゃんに問いを投げる。それに返ってきたのは『んー？』という気の抜けたものだったから、僕は机に肘《ひじ》をつくとさらに言葉を続けた。

「朝からこんなに料理して、どうしたの？　しばらく仕事忙しいの？」

　ユキちゃんと僕は共働き。ユキちゃんは正社員で働きながら主婦業もこなし、趣味にも手を抜かない頑張り屋さんだ。

　ただし大変な気分屋さんでもあるから、趣味と主婦業は気が向いた時はすごく頑張り、気が向かないと全力で手抜きに走っている。ユキちゃん本人もそんな自分の気性を分かっているから、気が向かない時でもなんとか乗り切れるように、気が向いた時はこんな風に何かが振り切れたようにその方向に没頭する癖がある。

　……ちなみに仕事の方は、どれだけ頑張っても気が向かないし、常に手を抜くことだけを考えているらしいが、根が真面目であるユキちゃんのことだ。なんだかんだ言っていても実際は手を抜かずに頑張っていることだろう。

「んー、そういうわけじゃないんだけども」

　ユキちゃんは冷凍庫からパックごと凍らせた豚肉を取り出すと、凍って一塊《ひとかたまり》になった豚コマをペキッとトレーから引っぺがし、保存袋にそのまま突っ込んだ。そこにまな板の上に置かれていた玉ねぎの薄切りを投入。さらに冷凍庫に保存されていたスライスしいたけとすりおろしショウガを連投する。

「早い時間に目が覚めちゃって、なんだか寝れなくてさ。やることもないし、でも時間は無駄にしたくなかったし。冷蔵庫の食材達も危ういのが多かったし、ちょうどいいかなーって思って」

「……ちょうど、いい……？」

「いいじゃん。材料のまま置いといても君は食べないけど、料理してあれば君は勝手に食べるでしょ？」

酒、しょうゆ、みりんを投入してピーッと保存袋の封を閉じたユキちゃんは、振り返りながらピッ！　と人差し指を僕に突き付ける。

「キミには破滅的に家事スキルがない。しかしこの三年の結婚生活でキミはなんとか『ご飯を炊《た》く』『炒める』『茹《ゆ》でる』という炊事スキルだけはマスターできた。いや、私がさせた！」

「ひどいなぁ、それくらいは結婚前からできた……」

「残念なのは、お掃除スキルが一切上がらなかったことだ！」

「もしもし、話、聞いてます？」

三日ほど待てば美味《おい》しい生姜焼きになるお肉を冷蔵庫のチルドルームに突っ込んだユキちゃんは、空の保存袋を手にダイニングテーブルへ戻ってきた。ユキちゃんが構えた菜箸は粗熱《あらねつ》が取れた煮魚に向けられる。

「こんなことになるなら、もっと積極的に家事を仕込んでおくんだったわ」

「こんなことって？」

「冷蔵庫に貯蔵しすぎた食材を休日の朝から料理しまくるハメになるんだったら、常日頃から君がもっと料理をするように仕込んでおけば良かったなと思って」

「うっ……」

僕の仕事は八時から十七時までプラス残業ほぼ毎日アリ、土日大型連休定休、車で三十分の通勤。対するユキちゃんは十一時から二十時まで残業ナシ、土日祝盆暮れ正月関係ナシのシフト制、電車で一時間の通勤。朝は僕が早く出て、帰りはユキちゃんが遅いことが多い。

僕に夕飯の支度《したく》を任せると大体カレーになってしまうと分かっているユキちゃんは、毎朝僕が出勤してから洗濯機を回し、夕飯の支度《したく》をしながら自分のお弁当も作り、洗濯物を干し、朝ご飯を食べ、身支度《みじたく》をしてから電車に飛び乗るというハードな朝を送っている、らしい。僕が休みでユキちゃんが出勤である日は僕が朝の家事を代わることもあるけれど、ユキちゃんに言わせると『夕飯はほぼカレー、洗濯機を回す時間が遅いから洗濯物は生乾き、おまけにちゃんと伸ばして干さないからクッシャクシャ、掃除はやってくれたことがない』と僕の家事は最悪らしく、あまり任せたいとは思ってくれていない。

「えっと、色々、ゴメンナサイ……」

やる気はある、はず、なんだけども……。結局ユキちゃんに負担をかけていることは、正直に言って申し訳ない。僕は独《ひと》り身の時から家事は必要最低限以下にしかしていない……というかできない人間だったから、今でも家事の負担がどれほどの物なのかすらちゃんと理解できてない面があるとは思ってるけども。でも、ユキちゃんが頑張ってくれていることだけは、本当に分かっている。……いや、分かっている、つもり。

「まったく。私が先立ったら、どうやって生きてくつもりなんだい？」

「えぇぇ」

「……そんなに絶望に打ちひしがれた顔をしなくてもいいんじゃない？」

「なんでそんなこと言うのぉっ‼　冗談でもそういうこと言っちゃダメって、結婚した時に約束したでしょぉっ⁉」

「うっわ、アラサーのおっさんがマジで涙目になってる」

「ちょっとユキちゃんっ‼」

真面目に怒ってるのにっ‼　と僕は珍しくユキちゃんを睨《にら》み付ける。

ユキちゃんは、なんでか知らないけれど、昔から『自分は長生きできる気がしない。きっと結婚もできないまま、青春を楽しむだけ楽しんで死ぬんだ』と思って生きてきたらしい。だから今でも自分が既婚者であるという認識が薄いのだという。……いや、その場合、僕のポジションは一体どこですか？　って言いたいんだけども。

とりあえず『結婚できない』というフラグは僕がへし折ってやったんだけど、『長生きできない』という思いはいまだにユキちゃんの中に根深く残っているようだった。毎年お正月に新年の抱負を書く代わりに遺書を書いて更新しているくらいだから、その思い込みは相当根深い。事あるごとに『私が死んだ暁《あかつき》には……』という語り出しで自分が死んだ時はかく行動すべし、と滔々《とうとう》と語られ、それをリアルに想像して涙目になる僕の気持ちも考えてほしい。

とにかく、そんな縁起の悪いことを口にするのは、冗談でもやめてほしい！

「ユキちゃんが死んじゃったら、毎日泣き暮らしてそのまま衰弱死しちゃうんだからね！　長生きしてよねっ‼」

「衰弱死かぁ、リアルに想像できてしまう辺り、結構怖い」

「だからユキちゃん‼」

「やめてよね、後追いとか」

サラリとこぼれかかる髪を耳に掛けながら、ユキちゃんは煮魚を保存袋に入れた。二匹いた煮魚を一匹ずつ分けて、煮汁も均等に分けて入れたユキちゃんは、器用に空気を抜くとピーッといい音を立てながら保存袋を密閉する。

「私は、君に幸せになってほしいんだから」

「今が幸せなんだから、ユキちゃんに長生きしてもらわないと僕の幸せも長続きしない」

「君はほんとに、嫁が大好きだねぇ」

煮魚のパックを作ったユキちゃんは、次いでカパカパと他のおかずが詰められたタッパーの蓋《ふた》を一つ一つ閉じていく。どうやらどんぶりに入れられたおかずは冷蔵庫へ、タッパーに入れられたおかずは冷凍庫に保存されるらしい。

「私のどこを、そんなに好きになったんだか」

「どこって……」

呟いたユキちゃんの髪が、スルリと耳の上からこぼれて、ユキちゃんの表情を隠す。

「あー、いい。君、真剣に答えるから長くなるし」

「ちょっと」

質問みたいな言葉を投げかけといて、いざ答えようとすると聞かないとか、ちょっと酷《ひど》くないですか。

そんな不満を込めてじっとりとユキちゃんを見据《みす》える。対するユキちゃんは再び横髪を耳にかけて、いつものように涼やかに笑った。

「死にそうだと分かった時点で、私はありったけの手紙を君に残すと決めていたんだ」

「だから、その話は」

「毎日一通ずつ残しておけば、君は手紙がある間は後を追いたくても追えないはずだ。なぜなら君は、嫁が好きすぎるからな」

まさかその大好きな嫁がわざわざ書き残した言葉を蔑《ないがし》ろにしたりしないだろうなぁ～？　という脅《おど》しじみた言葉に思わず首をすくめる。そんな僕の反応を満足そうに眺めたユキちゃんは、タッパーと保存袋を冷凍庫に、どんぶりを冷蔵庫に突っ込むと僕の正面の席にストンッと納《おさ》まった。

「さて、朝食にしようぞ」

「あれ？　まだ食べてなかったの？」

「君が起きるのを待っててやったのだ。ありがたく思い給《たま》え」

「ははー」

大人しくテーブルの上にひれ伏《ふ》すと、我が家の可愛らしい大魔王様はヒヒヒッと笑った。

「朝ご飯食べて、身支度《みじたく》して、ベランダの植物達の手入れをして、掃除をして、お昼ご飯を食べたら……」

「え、やること多い」

「うるさいですよ、働き者なわたくしの発言に文句を言わない」

「えー……」

「とにかく、お昼ご飯が終わったら出掛けますよ。昼寝と言ってお布団に戻っていかないように！」

「……承《うけたまわ》りました、女王様。どこへなりともお供させていただきます」

僕の言葉に、ユキちゃんは『うむ！』と満足そうに頷いた。

我が家の遅めの朝は、こうしてのどかに過ぎていったのだった。


【-24】


『買い物』という言葉から連想していたのは楽しいショッピングだったのに、実際に出向いた先はスーパーと薬局で、内容はガッツリ消耗品と食材の買い出しだった。……今朝あれだけ料理してたのにまだ食材を買い込むなんて、うちのお嫁さんは一体どれだけ家事モードのスイッチが入っちゃってるんだろう。まぁユキちゃんは元々『ショッピングを楽しむ』なんていう趣味は持ち合わせていない人だけども。人混みも嫌いらしいし。

売場を連れ回されて荷物持ちをさせられた僕はもうそれだけで結構ヘロヘロで、帰宅してからは布団に転がってぐったりとしていた。もしかしたら多少意識が落ちていた時間もあったのかもしれない。ハッと気付いた時にはトイレ掃除に励むユキちゃんの物音が聞こえていたけれど、いつからそれを始めていたのか僕は把握できなかったから。

……というか、ご飯作って洗濯して掃除してベランダのプランター達の手入れをして買い物して掃除の仕上げって、もはや家事のフルコースじゃないか。スイッチが入っているとしてもこの勢いは心配だ。

「いやぁ、色々やっておきたくてさ。やれる間にさ」

結局ユキちゃんは夜になるまでものすごく真面目に主婦業に取り組んでいた。あれだけ朝から料理を仕込んでいたのに夕飯は全く別メニューで、しかも手間がかかるからと滅多に作ってくれない若鶏の揚げ物のトマトソース掛けがメインで出てきた。今日は何かのお祝いだったのだろうかと首を傾《かし》げたくなったけれど、大好物と美味《おい》しいお夕飯を前にしたらご飯を食べるのにもう必死で、何に引っかかっていたのかなんてすぐに忘れてしまった。

お腹いっぱいになったらお風呂に入り、上がったら布団でゴロゴロといつもの王道コースに入れば、自然に瞼《まぶた》はトロトロと落ちてくる。うう……朝あんなに寝てたというのに、この眠気《ねむけ》はなんなんだ……せっかくユキちゃんと休みの被った週末だというのに……

「おー、もうおねむの時間ですか」

夕飯後の片付けをきっちりこなし、僕の後にお風呂に入ってお風呂掃除までこなしてきたユキちゃんが、隣の布団にバスンッと勢いよく転がってくる。……今日は夜更かしして趣味に走るわけじゃないんだ。良かった、そんなことになるなら、さすがにオーバーワークだよと止めなきゃいけないと思っていたんだけど、この眠気《ねむけ》だとそれも難しいから……

かろうじて動く左腕を布団から抜いてポスンとユキちゃんの布団の方へ伸ばすと、意図を察したユキちゃんがギュッと手を握ってくれた。いつもと変わらない少し高めの体温に安心した僕を、さらに眠気《ねむけ》が包み込んでいく。

「……良かった。あのメニューを食べた後のトモくんは、ほぼ百パーセントの確率で寝落ちしてくれるから」

ユキちゃんが何か言ってるのに、何を言われているのか、もう理解できない。かろうじてもにゃもにゃと『何ー？』と問い返せたみたいだったけれど、ユキちゃんは答えないまま苦笑して、僕の頭にぽむっと、繋いでいる手とは反対側の手を置いた。よしよし、と撫でてくれる温《ぬく》もりとリズムが心地よくて、意識が、眠気《ねむけ》の中に、溶けて、いく……

「手紙を用意したから、起きたら読んでね」

その手が少し震えて、最後にギュッと力がこもったのは、気のせいだったのだろうか。

「おやすみなさい。これから先の夜も、ずっと、トモくんが良い夢を見ていられますように」

おまじないの言葉に引かれて、意識が完全に闇の中に落ちる。

フワリと手の感触が消えて、コロンッという鈍い音が聞こえた。

僕はなぜかそれを、指輪が布団の隙間に空いた床の上に落ちた音だと、認識していた。


【…】


「……ん、んんー」

いつものように、布団の中で伸びを一つ。暗いままの部屋にはカーテンから漏れる光の線が走っている。その光の淡さから時間を計《はか》った僕は、寝過ごさなかった自分のことを内心で少しだけ褒めた。ユキちゃんとの貴重な連休を、二日連続寝過ごすわけにはいかない。

さすがにこの時間はユキちゃんもまだ寝ているだろうと、僕は謎の優越感に浸《ひた》ったまま隣の布団を見遣《みや》る。

だけど予想に反して、隣の布団に人影はなかった。

「……？」

トイレかな？　と思いながら、ペチリと隣の布団に腕を下ろす。だけど布団は芯から冷えていて、人がいた温《ぬく》もりは欠片《かけら》もそこになかった。おまけによくよく見てみれば掛け布団は綺麗に折り畳《たた》まれたまま。だけど敷布団の上にはユキちゃんのパジャマが散乱している。

サワリと、心の中で何かが不穏にざわめいた。

それが『不安』と呼ばれるものだと、僕は遅まきながら気付く。

「……ユキちゃん？」

細く上げた声が、不安でかすれた。寝起きなのも相まって、上手く声が出てくれない。

「ユキちゃん、ユキちゃん……」

布団を抜け出て、廊下に出て、ユキちゃんが私室として使っている部屋を目指す。玄関の隣にあるユキちゃんの私室までは、キッチンスペースから歩数にして五歩程度。リビングにも、キッチンスペースにも、廊下にも人影はなかった。トイレも空室で、玄関にはユキちゃん愛用のスニーカー。出掛けた気配はどこにもない。

きっと……きっと、昨日みたいに早く目が覚めたから、自分の部屋でＳＮＳでも見て遊んでいるに違いない。寝起きが悪いユキちゃんは、いつもそうやって完全覚醒までの時間を過ごしているじゃないか。

たった五歩を歩く間に、それだけのことをひたすら祈った。

北側の小さめの部屋は珍しくドアが閉め切られていて、僕はその前に立って、なぜか息を詰めた。

コンコン、と、控えめにノック。

「……ユキちゃん？」

呼んでみたけれど、返事はない。

だから僕は、そっとドアを開く。

「ユキちゃん？」

……ユキちゃんの部屋にユキちゃんの姿はなくて、部屋の中はなぜか妙にスッキリと片付けられていた。いつも物でどことなくゴチャッとしていたのに……そう、家の他の部分を片付けるのに必死で、自分のプライベートスペースはいつも後回しにして力尽きて、いつもどこか雑然としていたのに、今のユキちゃんの部屋は、とてもスッキリと片付いていた。

整然と本が並ぶ大きな本棚。反対の壁に沿って置かれている、嫁入りの時に持ってきた大きなタンス。北側の磨《す》りガラスの入った窓の下には大きなライティングデスク。いつもパソコンや書類で埋もれていた机の上には、充電器に刺さったスマホと、封筒の束しか乗せられていなかった。

——手紙を用意したから、起きたら読んでね

ふと、昨日眠りに落ちる時、ユキちゃんがそう言っていたのを、思い出した。

……結婚したての頃。僕は本当にデリカシーというか常識がなくて、ユキちゃんの財布の中や鞄の中を勝手に覗いては、ユキちゃんを烈火のごとく怒らせていた。それが本当に怖くて、僕はそれから極力、ユキちゃんのプライベート空間には近付かないようにしていた。

僕はその躊躇《ためら》いを呑《の》み込んで、一歩、二歩と机に向かって進んだ。裸眼の僕の目でも封筒の宛名が分かる距離まで進んだら机の天板が僕の足に当たっていて、僕の手は否応《いやおう》なく机の上の封筒の山に触れていた。宛名には『トモくんへ・一日目』と書かれていて、やっぱり僕宛てだったんだと、安堵と緊張が同時に僕を襲った。

ヘアゴムで一束に括《くく》られていた封筒の山から、一番上にあった封筒を抜く。口は封がされていなくて、逆さにしながら指を突っ込むと、入っていた便箋《びんせん》がすぐに出てきた。

淡い光が降り注ぐ中、僕は裸眼の目を凝《こ》らして、手紙を読み始めた。

『おはようございましゅ。昨日一杯寝たから、今日はそこそこに早起きだったんじゃないかな?』

……さすがだ、ユキちゃん。僕の行動パターンをよく把握していらっしゃる。

『さて、大変残念なお話を私はしなければなりません。

どうやら、私は死んでしまったようなのです。砂状病という病をご存知でしょうか? 分からない場合は、君が常日頃から仲良くしているスマホでググってください。ついでに閉めっぱなしにしているであろうリビングのカーテンを開けてきてください』

砂状病。

その言葉を、知らないわけじゃない。いきなり体が砂になって崩れて死んでしまう、わりと新しい病気のことだ。薬も治療法もなくて、致死率百パーセントという噂も知っている。

だけど僕は一度手紙をデスクの上に置くと、リビングに戻ってカーテンを開けた。ダイニングテーブルに置いてある己のメガネを装着し、寝室のコンセントで充電していたスマホを取りに行く。ユキちゃんの部屋に戻るまでの間にスマホの検索ブラウザにポチポチと『砂状病』と入力し『検索』をタップすれば、デスクの前に戻るまでにたくさんの情報が表示されていた。

体が突如砂となって崩れ落ち、人体が丸ごと消えてしまう病であること。発症するまで自覚症状らしい症状が出ないということ。発症メカニズムが一切分かっていないということ。対処法も確立されていないということ。『砂状病』と診断された最古の事例が十年前にあること。この数年で事例が大幅に増えたこと。どうして発症数が増えているのか理由が解明されていないこと。感染症なのか、遺伝病なのか、先天性なのか後天性なのか、そもそも本当に『病気』であるのかさえ、分かっていないということ。砂になって崩れた後、二十四時間だけ生前と同じ姿で行動できるという都市伝説があること。有名人の誰それはこの砂状病で死んだということ。世界の失踪者の何割かが実際はこの砂状病で消えているのだろうということ。

一通り見終わって、『で？』と再び手紙に視線を落とす。

『それでは、ライティングチェアーを引いてみてください』

僕は手紙の指示通りにお行儀よく収納されていた椅子を手前に引いた。キャスターで簡単に移動してくれるはずである椅子は思った以上に重くて、おや？　と視線を落とすと空だと思い込んでいた椅子の上に何かが載っていた。それが大きなビニール袋に入れられた砂だと気付いた僕は思わず『はて？』と首を傾《かし》げる。なぜ、ここに、こんな大量の砂が？

『「はて?」とか首を傾《かし》げてる場合じゃないよ、トモくん。それが、私の遺体です。完全に砂になっちゃってるので実感はないと思いますが。

一昨日《おととい》の夜十一時頃、読書中だった私の体は砂になって崩れました。その砂は、大半を古式ゆかしくホウキとチリトリで、細かいところは掃除機に新しいゴミパックを装着し、掃除機で吸って回収したものです。恐らく私だったモノの九十九パーセントくらいは回収できてると思います』

……言われると、思っていた。さすがに鈍い僕だって、この流れでこう来ることくらいは分かっている。

でも。

……でも、いきなりこんなことを言われて、どうやってこれを頭から信じろって言うんだろう。ちょっと無理を言い過ぎじゃないか。だって、まだ、ユキちゃんのブラックジョークっていう可能性だって。シーズンオフのエイプリルフールだっていう可能性だって……。

『信じろって言われてもちょっと無理な状況だということは分かっています。だけど、こうなってしまった私は、トモくんの行動力を信じるしかありません。

私は、自分に残された死後の二十四時間で、自分の死に支度《じたく》の準備を整えました。しかしあくまで『準備』であって、この支度《したく》はまだ完遂できていません。手紙で指示を出すので、どうか私の死に支度《したく》の完遂を……私の願いを、叶えてはくれないでしょうか？』

混乱と焦燥を突き抜けてしまったのか、さっきまで空転を続けていた頭が、今度は完全に停止しているようだった。いつもと同じ朝なのに妙に間延びした空気の中に、僕自身が埋没していくような気がする。

そんな中で目にした、ユキちゃんの筆跡で書かれた『願い』という文字。その文字にすべてが吸い取られて、ゆっくりと思考が回り始める。

……ユキちゃんは、基本スペックが高くて、甘えを知らない人だった。『お願い』なんてしなくても、なんでも自分で叶えてしまえる人だった。

だから僕は、ユキちゃんからのお願いが、いつも嬉しくて。なんだって叶えてあげたいと、いつだって思っていた。

――ユキちゃんのお願いなら、叶えなきゃ。

ゆっくり鈍く回り始めた思考回路とともに、手紙の続きを追う。

『トモくん宛ての封筒の束の下に、他の人宛ての手紙がまとめてあります。その中から「警察の方へ」と題された封筒を用意してください。封は開けないでください』

指示通りに束《たば》ねられた封筒の山をどけると、その下の山の一番上に真《ま》っ白《しろ》いビジネスライクな封筒で『警察の方へ』と宛名が書かれた手紙があった。

『次に君のスマホで一一〇番に電話をし、電話口で「妻が砂状病で死んだようなのですが」と伝えてください。恐らく自宅まで警察が来るはずです。その警察に先程の「警察の方へ」という封筒を渡してください。うまく説明できなかったら、この手紙をそのまま渡して読んでもらっても大丈夫です』

そこまで読み切った僕は、手にしていたスマホに視線を落とすと、ソロリと電話アプリを起動させ、『1』『1』『0』と番号を押した。

スマホを耳に当てれば、いつでも変わらない軽《かろ》やかな呼び出し音。すぐに繋がった電話の向こうで、冷静なオペレーターさんの声が聞こえる。

「妻が砂状病で死んだようなのですが」

唇から滑り落ちた声は、自分でもビックリするほど冷静だった。そういえばユキちゃんはよく僕の内心と表面上の感情の不一致を『顔面表情筋の神経が断裂してて絶望的に内心が表情に出てこない』なんて言ってたっけ。

オペレーターの声に事務的に答えている間、便箋《びんせん》の一番下に追伸が添えられていたのを見つけた。

『PS. 警察の人が来るまでに服を着替えましょう。あと、二枚目の便箋《びんせん》は夜の御挨拶用なので、夕方六時頃読むように！』

その言葉に従い、電話を終えてひとまず自宅にいてくれとオペレーターさんに言われた僕は、のそのそと寝室に引き上げると、着替えるべくクローゼットの扉を開けたのだった。


【……】


警察関連の用事から解放された時には、もう周囲は暗くなっていて、僕自身もグッタリしていた。『殺した妻を砂状病と偽って保険金を騙し取ろうとしているのではないか』とか『夫婦で揃って一芝居打って保険金を（以下略）』とか色々疑われて、その分取り調べも長くなったのだ。おかげで気付いた時にはお昼ご飯を食べ損ねていた。

そもそも、偽ろうにも、僕自身だって状況がよく分かっていない状態だ。結局現場に現れた刑事さん……検事さんだったっけ？　とにかく現れた警察関係者にあったことをそのまま話して『警察の方へ』という手紙を渡し、僕宛ての手紙も渡して読んでもらった。

『……あなたの奥さんは、とても賢い方だったのですね』

警察宛ての手紙に何が書かれていたのか、僕には分からない。

だけど糊《のり》付けしてあった封筒をハサミで開けて中を検《あらた》めた警察の人は、一読すると感いましたが、残された二十四時間でこんなに冷静な対応をしている事例には、初めて遭遇しましたよ』

嘆したようにそう言った。

『大変冷静に己の死に支度《じたく》をされている。……何件か砂状病の案件には関わらせてもら

ユキちゃんの遺体だと思われる砂は、袋ごと警察に回収されていった。鑑識に回されるから、いつ返せるか、そもそも返せるのかどうかも分からないと言われた。

そんな今日一日を振り返り、バフッと自分の布団に飛び込む。隣の布団にはまだ、朝起きた瞬間から少しも変わらず、ユキちゃんのパジャマが散らばっていた。だけど、それを片付けようという気も起きない。

「……あ」

枕に顔を埋《うず》めて、もうこのまま寝てしまおうかと一瞬考えた。だけど、朝見た一文が、僕を布団から引き剥《は》がす。

——二枚目の便箋《びんせん》は夜の御挨拶用なので、夕方六時頃読むように！

六時はもう過ぎてしまったけれど、それは『警察の取り調べが長引いた』という不可抗力だから仕方がない。

そうやって内心で言い訳をしながら、僕はユキちゃんの部屋へ足を踏み入れ、今朝手

にした便箋《びんせん》の下に隠されていた二枚目の手紙に目を通す。

『お疲れさま！　警察の取り調べが長引いたから、君はもうクタクタになっているんじゃないかな？　しかし！　夕飯もお風呂もすっ飛ばして寝ようとするなんて言語道断であるぞ!!』

……さすがユキちゃん。僕の行動を完璧に把握していらっしゃる……

『そんな君に朗報です！　なんと働き者なわたくしは、君の夕飯の支度《したく》をしておきました！　この手紙を持ったまま、冷蔵庫に向かいましょう！』

その言葉でふと、思い出した光景があった。

コトコトと煮えていた鍋。机の上にこれでもかと広げられていたおかず達。

あれは、もしかして。ユキちゃん自身が食べるためじゃなくて。

僕は手紙の指示通り、手紙を持ったまま廊下を進み、キッチンスペースとリビングの狭間《はざま》にある冷蔵庫に向かった。パカリと扉を開けると、中には真ん中に分け目をつけるように細く隙間をあけた以外はギッシリどんぶりやボウルが詰め込まれ、二つのグループを示すかのように上から二段目の棚に『A』『B』というメモがペラリと貼り付けられていた。

『A群から一品、B群から一品、汁物一品をチョイスして並べれば立派な夕飯が完成します。冷凍庫の保存分は上級ランクのおかず達です。まず冷蔵庫に保存されているビギナーランクでチョイスに慣れてから挑戦しましょう。ちなみに本日のオススメは『A』から鮭のムニエル、『B』からはんぺんの煮物、『汁物』は冷蔵庫の鍋をコンロにかけて味噌汁を加熱、というメニューです。一番上の棚に保存されているトマトソースを鮭のムニエルにかけるとより一層美味《おい》しく食べられます！　白米は炊飯器ね』

僕はその指示に従い、冷蔵庫から鮭のムニエル、はんぺんの煮物、お味噌汁の鍋を取り出した。火を使う時は必ず換気扇を回すことって、毎回ユキちゃんに言われてたよな、と思いながら、味噌汁の鍋をコンロに置き、換気扇のスイッチを押して火をつける。ムニエルの皿を電子レンジに突っ込んでからもう一度冷蔵庫を開《ひら》き、一番上の段からトマトソースが入った小さなタッパーを取り出した。

食器棚からお茶碗を取り出しながら炊飯器を開けると、五合炊《だ》きの炊飯器一杯に白米が炊《た》かれている。自分のお茶碗に白米をよそい、いつもの流れでユキちゃんのお茶碗を取ってから、はっと自分の行動に気付いた。

そっとユキちゃんのお茶碗を食器棚に戻すと、電子レンジがいつも通り単調な音でムニエルが温まったことを知らせてくる。皿を取り出し、スプーンですくったトマトソースをムニエルにかける。その頃には部屋中にお味噌汁のいい匂いが広がっていて、僕はコンロへふらりと近付くと火を止めた。お椀に一人分をよそっても鍋の中にはまだお味噌汁が残っている。数日分を見越して作ったのだろうか。それともいつものクセで、うっかり二人分の分量で作ってしまったのだろうか。

――このお鍋さぁ、微妙に大きくて一人分のお味噌汁を作るの、逆に難しいんだよねぇ……。でもこれ以上小さいお鍋となると使い勝手が悪いしなぁ……

不意に、この場所に立ってユキちゃんがそうやってぼやいていたことを、思い出した。

「……」

しんと、心が冷えたのが分かった。

だから僕は記憶の中だけで響いた声をそのまま見送って、中身が残っている鍋に蓋《ふた》をするとダイニングテーブルに戻った。コトリとお味噌汁のお椀を置けば立派な一汁二菜の食卓ができあがる。少し野菜成分が足りないかなと思ったけれど、明日野菜を多めに取ることを心がければ問題ない範囲だろう。

湯呑とお箸を足して、お茶を淹《い》れるのは面倒だったから、電気ケトルで白湯《さゆ》だけを作る。全部並べ終われば、いつも通りの夕飯だ。

……でも、どうしてなんだろう。

いつも狭いと思っていたダイニングテーブルが、妙に広いなと思った。

「……いただきます」

両手を合わせて軽く頭を下げる。『いただきます』という作法を僕に叩き込んでくれたのも、ユキちゃんだった。

……そのユキちゃんがいつも座っていた席は、どれだけ待っても埋まらない。

「……ユキちゃん、ご飯の支度《したく》、できたよ」

ユキちゃんがいつも廊下を背にする形で僕の正面に座っていたから、ユキちゃんがいないと僕からは玄関へ伸びる廊下と、玄関ドアがよく見える。

ユキちゃんが仕事で僕の方が先に帰っていた時は、この席から玄関ドアを見ているのが好きだった。ユキちゃんが帰ってきたのが真っ先に分かるのが、この場所だったから。

「……――」

同じ場所から玄関ドアを見つめて、もうあのドアが開くところをこの場所から見ることはないんだなと、漠然と思う。

それから僕は箸を取って、トマトソースが絡んだ鮭のムニエルを頬張る。ほこほことあったかいおかず達は、いつもと変わらず美味《おい》しかった。

『さて、お腹は膨《ふく》れたかな？　今日のご飯はいかがだったでしょう？』

ムニエルを平らげ、お茶碗とお椀を空にして、煮物を気が済むまでつまんだ。

　ごちそうさま、と呟いて空いたお皿をシンクに突っ込んでから、僕は手紙を途中までしか読んでいないことに気付いた。

『ではお風呂を入れて、お湯を溜めている間に使い終わったお皿を洗おう！　ムニエルの皿は案外脂っこいから念入りにね！』

　指示通りに進めながら、そういえば皿洗いだけはなんとかまともにできた家事だったなと思った。もっとも、肌が弱い僕は食器用洗剤に肌が負け気味で、手荒れが酷《ひど》い時はそのできる家事からさえも逃げ気味だったんだけども。

　皿洗いが終わる頃に、ちょうどお風呂が沸《わ》いた。何も考えられないまま、僕は操られているかのようにお風呂に入る。

『湯船のお湯はちゃんと落としたかい？　次に入る人はいないんだから、ちゃんと落としてシャワーで流しておくんだよ。さすがに毎日のお風呂掃除まで君には期待してないから安心したまえ』

　お風呂から上がって髪を乾かし、ついでに髭《ひげ》も剃《そ》った。

　歯磨きを終えて手紙に向き直ると、何やらまだまだ手紙には続きがある。

『さてさて。お疲れだとは思うけれど、もう少しだけ頑張ってくれないかな？　何せ君は、ちょっと重要なことを忘れている。……私の実家と君の実家に、まだ私が死んだことを連絡していないことない？』

「……ほんとだ」

思わず声が出た。それくらい、うっかりスポンと忘れていた。

『時間帯によるけど、両実家にだけは早めに連絡した方がいいでしょ。そして大変申し訳ないのだが、明日君には仕事を休んで親族への対応をしてもらいたい。君の実家の反応までは読めないけど、うちの実家は電話だけじゃ納得できずにアパートまで押しかけてくるはずだ。私の遺体は鑑識に回っていて死体も死亡診断書もない状態だから、通夜だの葬式だのの手続きはできないけれど、とりあえず忌引《きびき》が使えるなら使って休んだ方がいいと思う。両方の実家それぞれに宛てた手紙も用意したから、渡してほしい。『警察の方へ』っていう手紙の下に置いてあるはずだから』

僕は再びユキちゃんの部屋へ足を踏み入れると、僕宛ての手紙の束の下を漁《あさ》った。ユキちゃんの言う通り、『花宮《はなみや》の御実家へ』という手紙と『小澤《おざわ》家のみんなへ』という手紙が重ねられていた。僕の実家宛ての手紙は格式ばった、箔押しのあるちょっといい封筒が使われていたけれど、ユキちゃんの実家宛ての手紙は、柔らかい色使いの可愛らしい封筒が使われていた。

『とりあえずは、電話をよろしく。明日の朝で間に合うことは、明日用の手紙に書いてあるから。電話が長引くかもしれないし、最悪の場合うちの実家は今晩中にでも押しかけてこようとするかもしれないけれど、できる限り早く寝てね。

　それでは、本日はこれで』

　そうやって、一日目の手紙は締められていた。デスクの上に束《たば》ねられた手紙の次の封筒には『トモくんへ・二日目』と宛名が書かれている。

　僕は一日目の便箋《びんせん》を封筒に戻して山の隣に置くと、スマホを求めてダイニングテーブルへ戻った。

　スマホの表示で時刻を確かめると、二十一時になろうとしているところだった。夜分遅めではあるけれど、電話ができない時間帯ではないと判断して電話帳を開く。

　本日聞くのは二回目となる呼び出し音は、やっぱり軽快に僕の耳に響いた。


【……………】

『おはようございましゅ！　昨日はあまり眠れなかったかな？　私もだけど、君もいつの間にか隣に人がいないと安眠できない体質になってしまったようだからなぁ。そのことはちょっと心配だな。

　さて、私はひとつミスに気付いた。昨日、私は自分の状態を説明するのに必死で、君に朝ご飯を食べてもらうのを忘れていたのだよ！　なんてこったい!!

　というわけで今日はまず朝ご飯を食べよう！　パンを何種類か用意してあるけど、できれば賞味期限が早い物から食べてほしい。ヨーグルトもね。果物と牛乳も付けると良いでしょう！　食べ終わったら使ったスプーンとコップを洗って、まずは君の職場に事情説明の電話をしましょう。続いて親族の対応だ。それが終わったらお願いしたいことがあるから、この続きを読んでほしい』

　ユキちゃんの想像通りにユキちゃんの御実家である小澤の両親は朝もまだ早い時間にアパートまでやってきた。想定外だったのは、僕の実家である花宮の両親も朝一でアパートにやって来たことだった。

　錯乱状態にあった両方の両親達に僕はできるだけ冷静に今までの流れを説明し、ユキちゃんから託《たく》された手紙をそれぞれに渡した。涙を流しながらも両方の両親は手紙を読んでくれて、特に小澤の両親は何度も何度も手紙を読み返して、最終的にはその場に泣き崩れて動けなくなってしまった。

「……智弘《ともひろ》、ユキちゃんが、うちらに遺品を残したらしいの」

　先にわずかながらも精神を立て直した僕の母親がそう言った時には、もう昼に近い時間になっていた。

「部屋の嫁入箪笥《だんす》の中にあるって。……開けても、いいかしら？」

そう言われたら、僕は拒否するわけにはいかない。だってそれは、ユキちゃんが手紙に残した意思でもあるはずなんだから。

小澤の両親にも断ってから、僕の母はユキちゃんの嫁入箪笥《だんす》を開けた。母が指定を受けていたのは一番上の引き出しで、いつもならユキちゃんの着物が……そう、ユキちゃんは和風な物が大好きで、着物を自分で着ることができた人間だったんだけども……そんなユキちゃんの和服が、ギッシリ入っているはずである棚だった。

だけど母が引き出しを開けた時、中には包みが一つと、いくつかの宝石箱みたいな箱が入れられているだけだった。ギッシリ詰められていた、僕には用途の分からない布類は綺麗になくなっていて、包みの上には『花宮のお母さんへ』、宝石箱の上には『小澤の母上へ』という宛名のメモが載せられている。

僕の母は包みを床に置くと、紙の包みを丁寧に解《ほど》いて中を検《あらた》めた。

中に入っていたのは、白地に金糸や色糸で流水紋が入れられた、とても綺麗な帯だった。結婚一周年の記念に立派な料亭でお食事会をした時、ユキちゃんが着物姿でこの帯を締めていたことを覚えている。

「……ユキちゃんが智弘と結婚してすぐの頃にね、私が譲った帯なのよ。箪笥《たんす》の肥《こ》やしにしていたから、ユキちゃんが使ってくれるならって。……ユキちゃん、とても喜んでくれたわ」

お返しします、と、ユキちゃんは手紙に残していったらしい。思い出深い帯を見つめて、僕の母はまた涙をこぼした。

ユキちゃんが小澤のお母さんに残していった箱には、ユキちゃんが小澤のお母さんのお母さん……つまり母方の祖母から譲り受けた真珠のネックレスや宝石の付いたブローチが入っていたらしい。本鼈甲《べっこう》の羽織紐を見た小澤のお母さんは『羽織本体がなかったら意味がない物を残して。こんなところでポカをするなんて、ほんとあの子らしい』と、その時だけほんのりと、懐かしむように唇に笑みを乗せていた。

『多分、両親達は、遺体がないならとそのまま引き上げていくはずだ。両家の対応で大変だっただろうけれど、次にやってほしいことを書きます。……あ、その前に、お昼ご飯、多分昨日も食べ損なったよね？　ジャコご飯とお味噌汁、煮物をひとつまみ、なんてどうでしょう？』

ひたすら泣いた両家の両親は、少しだけ心が落ち着いたタイミングで引き上げていった。きっと、それぞれの家に引き上げてからも泣くのだろう。葬式の『そ』の字も出せないくらい、みんなまだ荒れていた。かろうじて遺体が残らなかったことだけは理解できたみたいだったけれど、ユキちゃんの死をみんながどこまで理解できたのかは、僕にも分からなかった。

　ユキちゃんの手紙が勧めるまま、おやつ時にお昼ご飯を食べた。普段あまり口にしないけれど、ジャコご飯はとてもおいしかった。多分、ユキちゃんも気に入っていたから、僕に勧めたんじゃないかな。

『私のスマホは今、機内モードにしてあって電波が入っていません。ロックを初期化してスワイプするだけで開くように設定し直したので、スマホを起動させて電波を入れてください。私からの連絡が必要な人にそれだけでメッセージが飛ぶように、あらかじめメッセージを入れておきました。折り返し先に君のスマホの番号を入れておいたので、君のところに知らない番号から連絡が入るはずです。と言っても、折り返しの連絡をお願いした先は三件だけなのですが』

　続けてメモ帳に用意してあったメッセージをSNSに投稿し、流れていかないように固定。小説投稿に使っていたサイトに、これもまたメモ帳に用意してあった文面を貼り付け、作品が未完結のまま終わってしまうことへのお詫《わ》びと一カ月後にサイトを退会する旨の告知を出す。

　慣れないスマホでそんな作業をしていたら、ユキちゃんの予想通りに僕のスマホに着信が入った。電話に出てみると『あの子は律儀で一番仲が良い子だったから、絶対すぐに折り返してくるはず』とユキちゃんが予想した通りの人物だった。ユキちゃんの趣味の一つである小説創作の仲間だという彼女は、仕事を蹴ってすぐにアパートまで来たいと言ったから、僕はそれを受け入れた。そんな一連の流れさえユキちゃんの予想通りで、僕は思わず笑ってしまった。一体、ユキちゃんにはどれほど未来が読めていたんだろう。

そんな風に対応を続けているうちに、二日目は過ぎていった。また夕方に手紙の続きを読んで、ユキちゃんの指示通りに夕飯を食べて、お風呂に入った。

唯一ユキちゃんの予想と違ったのは、『この子は仕事が忙しいし、ビジネスライクな付き合いだったから週末にしか動かないだろう』と踏んでいた子から夕方過ぎくらいに電話が入ったことだった。

『読書仲間で大量に本の貸し借りをしていた。自分の本を回収したいし、部屋にある本はもらっていいと言われている』という彼女は週末に来たいと言ってきた。電話が来るタイミングだけはユキちゃんの予想と違っていたけれど、話す内容は損得勘定が先走っていて、やっぱりそこはユキちゃんの予想通りだった。『創作仲間のカナコが先に形見分けを持っていってくれているなら、やつに回収されるのは特に価値がない本ばかりだから、好きに回収させてやれ』というのがユキちゃんの言葉だったから、僕はその言葉に了承の言葉を返して電話を切った。

そのカナコさんという人は、本当に電話をしてきたすぐ後、アパートまで来てくれた。カナコさんは現実が受け入れられないようだったけれど、ユキちゃんの部屋で『我が盟友・カナコへ』と宛名書きされた小さな段ボール箱を前にすると、少し表情を歪《ゆが》めて、何かをこらえるようにじっと段ボール箱を見つめていた。

そのカナコさん宛てにもユキちゃんは手紙を残していた。桜の模様が入った、ちょっと凝《こ》った封筒に入れられていた手紙をその場で僕に断って読んだカナコさんは、手紙の向こうにユキちゃんを探しているかのように長い時間ずっと手紙を見つめていた。

「……箱の中身は、作品の設定書や、今まで書いた作品のデータだそうです」

……一番御贔屓《ごひいき》にしてくれたカナコに残していくね、なんて。ユキちゃんが書いてくれなきゃ、意味がないっていうのに。

そう呟いたカナコさんの声は微かに震えていて、ああこの人はユキちゃんの自筆の文面に触れて、初めてユキちゃんの死を理解できたんだなと、思った。

両親が形見分けを持っていって、カナコさんが創作道具一式を譲り受けてくれて、週末に来たヒナと名乗る人が本棚の本を根こそぎ持っていった。ユキちゃんの部屋は、ユキちゃんが消えてたったの一週間で、随分スッキリしてしまった。

ユキちゃんが直接連絡を取った最後の三人目は、元を正せばSNSで繋がった人で、遠方に住んでいたらしい。その人だけ僕のスマホに連絡をくれなくて、ユキちゃんのメッセージアプリを恐る恐る覗いたら、ユキちゃんからの指示を読まずにユキちゃんのトーク画面に返信のメッセージが入っていた。

この人へユキちゃんが譲りたかった物は、これまた趣味の一つであるハンドメイドの作品と資材だったらしいけれど、その人は資材だけ引き取るから郵送してくれという旨が書き込まれていた。そして、この人が指示に従わずこちらに返信してくることも、資材だけを郵送してほしいと言ってくることも、ユキちゃんには分かっていたらしい。この人への分だけ分厚い紙袋の口をガムテープで止めた形で用意されていて、『いざとなったら郵送で』という付箋《ふせん》とともに宛名シールが挟まれていた。『資材』『作品』という分類の付箋《ふせん》も貼られていて、僕は『資材』とされていた紙袋だけ、連絡があった翌日、宛名シールを貼って郵便局の窓口まで持っていった。

小説投稿サイトにも、SNSにも、ユキちゃんの死を知らせるメッセージに色々な反応があったことは、連絡が付かなかった三人目のメッセージを見るためにユキちゃんのスマホに再び触った時に知ったけれど、僕は一切そのコメントを見ることはなかった。見るな、というユキちゃんからの指示があったから。

連絡を送った三人への対応が終わったら、次にユキちゃんのスマホに触るのは、一カ月後、小説投稿サイトを退会する時だけでいいというのがユキちゃんの指示だった。

……ユキちゃんの死に支度《じたく》に振り回されたのはドタバタ過ぎた最初の一週間だけで、僕はその後、毎日一通ずつ残された手紙と共に静かに過ごした。ユキちゃんの予想通り、会社からは一週間の忌引《きびき》がもらえたから、ドタバタには十分対応することができた。

両親と、引き渡す物があった三人への対応、それ以外はユキちゃんの手紙の指示に従ってクローゼットに入れられていた段ボールを二つ宅配便に出しただけで、ユキちゃんの部屋はガランと片付いてしまった。家具と、誰にも引き取り指示が出なかったパソコンとプリンター、あとは充電コードが刺さったままのスマホと、僕宛ての手紙の山だけ。なんだか知らない部屋がいきなりできたみたいで居心地が悪くて、僕は手紙の山をダイニングテーブルの上に移し、ユキちゃんの部屋には足を踏み入れなくなっていった。

『今日はお休みだね！　さぁ、今日は君の苦手なことに挑戦してもらおう。……そう、家の掃除だ‼』

『今日もお仕事お疲れさま～。さて、そろそろ冷凍庫のおかずに挑戦するとともに、食材の買い出しというミッションも始めようか』

『ベランダのプランター達は元気かな？　そろそろ菊の花が咲き始めるころだと思うん

だけど、今年の花の付きはどうかなー？』

毎日の手紙は、まるでユキちゃんがこの場にいるかのように臨場感がたっぷりで、いつだってまるですぐ目の前でユキちゃんが喋りかけてくれているかのように鮮やかに僕の中に響いた。

手紙に操られるように生活している間に、朝起きるタイミングも、夜仕事から帰ってきてから行う家事のリズムも身に付いてきて、しばらくした頃にはユキちゃんからの手紙に細かい指示がなくても体が動くようになっていた。食事も、『作ってみようか』という言葉からちょっとずつ自炊が始まり、冷蔵庫と冷凍庫のおかずが底を尽き始めた頃には簡単なおかずを自分で作るようになっていた。仕事帰りにスーパーに寄って数日分の食材を買い、週末には部屋の掃除。毎朝以前より少し早起きをして洗濯をし、ベランダのプランター達の世話をすることも覚えた。

『トモくん、大変残念なお知らせがあります』

……ユキちゃんは、これくらいで僕の生活にこういうリズムが付くということまで、多分、予測できていたんだろう。

『この手紙が、トモくんに残す、最後の手紙です』

そんな書き出しで、最後の手紙は始まった。

ユキちゃんが姿を消して、約一カ月。

なんの因果か、それともこのタイミングまで読めていたというのか。……警察からユキちゃんの死亡診断書が出せるようになったと連絡が入った翌日のことだった。


【…………】


『まず私は、君に謝らなくてはいけないと思っている。

君は、私の『お願い』という言葉を受けて、ここまで私の手紙が指示する通りに生活してきてくれたのだと思います。私の私物を処分し、私がいなくても生きていける生活リズムを身につけ、私が死ぬ以前と同じように仕事に行っていた。それは、私を深く愛してくれた君にとって、とても残酷で、拷問に等しいことだったと、私は思っています』

あの日と同じように間延びした、休日の朝。

いつの間にか習慣と化してしまった、起きてカーテンと窓を開き、朝ご飯の準備とともに洗濯機を回し、朝ご飯を食べ、洗いが完了した洗濯物を干すという慌ただしい朝のルーティーンを終えた後。

文通も趣味の内だったユキちゃんがたくさん持っていた便箋《びんせん》が尽きて、小説創作に使っていたルーズリーフも尽きて、それでも手紙を残すために使われたコピー用紙に書き殴られた文字と、僕は向かい合っていた。

『私はこれでも、言葉を扱うことに自信があります。「こう言えば君は断れない」と分かる言葉をわざわざ選んで、この一カ月近く、君を操り続けていました。きっとこの手紙が尽きれば、私が君にかけていた魔法も解けることでしょう。私の死に混乱している間は無条件で私が残した言葉に従うけれど、混乱を抜け出て自分の思考が回るようになれば、君は意に沿わない私の言葉を拒否できるようになる。それが分かっていたから、どれだけ早く君に健康的な生活のリズムを身に付けさせるかが勝負でした。訳が分からないうちに死に支度《じたく》を完遂させられるかが、勝負でした』

そう、小説創作を趣味の一つにしていたユキちゃんは人間観察が得意で、言葉を扱うことにも一際《ひときわ》長けていた。『私は言葉の魔法使いなのです』と胸を張っていたユキちゃんは、口喧嘩も強かったし、逆に喧嘩の仲裁や説得ということも得意だった。未来予測が好きで、まるで予言みたいに未来をズバッと言い当てることができたから、僕は実はユキちゃんは本物のエスパーなんじゃないかとずっと疑っていた。

そんな僕にユキちゃんはいつも呆れたように笑って言ったんだ。よく観察し、情報を集め、言葉を上手く使えば、これくらいのことは誰にでもできるんだって。

いつの間にか、ユキちゃんの部屋は空っぽになっていた。たくさんあった本も、小説創作に使っていた道具も、ハンドメイドの資材も、……服も、着物も、日用品も、全部全部なくなっていた。

僕が訳が分からないまま宅配便で出した段ボールの中身が、ユキちゃんの服や文房具、ちょっとした日用品やアクセサリーだったことは、後日届けられた書類で分かった。そういった物品の寄付を受け付けているＮＰＯからの感謝状で発送した中身を後から知るなんて、それも感謝状を受け取った時は何も思うこともなく、数日経ってからジワジワと理解できたなんて、間抜けにもほどがあるんじゃないかと思ったくらいだった。

ユキちゃんは僕と友人達を使って、死後に自室の片付けを完膚なきまでに完全に遂行してみせたのだ。実際に動いている僕に、一切を悟らせることなく。

『そしてこれは完全に私の勘で言っていることなのですが……。そろそろ、鑑識に回された私だった砂が、本当に砂状病で死んだ人間の人体から出た砂だと診断されて、私の死亡診断書が出される頃合いでしょう』

……ユキちゃん、君は、本当に未来を見通す超能力者だったんじゃない？　こんなことまで、ピタリと言い当てるなんて。……こんな判断が、あの残された二十四時間に、あの、僕から見たら、いつもとあまりに変わらなかった中で、できたなんて。

『死亡診断書が出れば、私は戸籍上、本当に死んだことになります。お葬式をすることができます。どのようにやってほしいかも、棺《ひつぎ》に何を入れてほしいかも（火葬する必要がないし、棺の用意もいらないか）、誰を呼んでほしいかも（友人で呼んでほしい人を伝えてたけど、遺体はないわけだし、親族だけでより質素にやってほしいと今更思う）、遺骨（と言っても砂だがな！）はどうしてほしいかも、こうなる以前から君には懇々《こんこん》と伝えてきたし、これは遺書という形で書き残してあります。箪笥《たんす》の上から二段目の棚に入れてあります』

ここまで散々ユキちゃんの手紙の指示に従ってきた僕は、無意識の内にユキちゃんの部屋に向かい、嫁入箪笥《だんす》の引き出しを開いていた。物がなくなって軽くなってしまった引き出しには、ユキちゃんが言う通り『遺書』と題された白い封筒だけがポツンと置かれている。

『ここからの話が重要です。ここまで広い心と深い優しさで付き合ってくれた君もさすがに怒るかもしれないけれど、どうか落ち着いて聞いてください。

お葬式が終わって喪が明けたら、君はもうただの、結婚適齢期の独り身《ひと》男性に戻ります。周囲は君に再婚を勧めるでしょう。君は一人っ子で、ご実家は田舎の大きな農家さんです。花宮のご両親が、ずっと君に子供を望んでいることを、私は知っています。君は田舎が嫌いで、就職を機にこちらに出てきて、『仕事に通うのに不便だから』という理由で、ずっとご両親との同居を拒《こば》んできましたよね？　だからあんまり意識していないようだったけれど、いずれあの土地を背負う義務が、君にはあります。君の次も、周囲は君に求めています。だから私は、君を使って、「私」を片付けてもらいました』

「……え？」

意味が、分からなかった。

ここまでユキちゃんの言葉がストンと落ちてこないのは、初日の『死』を知らされた手紙以来のことだった。

『君は、私に依存気味だった。そして、とても優しい人でもあります。何も残さなかったら君は、「私」を片付けることは絶対できないだろうと思いました。むしろ、残される人間の中に、「私」を片付けることができる人間なんて誰もいないだろうと、考えました。あの部屋を、君は絶対に片付けない。片付けられない』

……だから、なんで、分かっちゃうの。

家事が下手だから、じゃない。片付けが壊滅的にできないから、でもない。

だって、僕は洗濯物を畳《たた》めるようになったのに、あの日の朝のまま、ユキちゃんの散らばったパジャマをそのままにしている。冷え切った布団を、片付けられずにいる。

『でも、片付けなくては、新しい誰かはやって来れません。迎えるつもりにもなれないでしょう。

人生を終えてしまった私は、速急に荷物を引き上げなくてはいけなかった。だから、君を操って、やりました』

……ちょっと、ちょっと待ってよユキちゃん。

追い付けないよ。何が言いたいの。僕の頭の回転がそんなに速くないこと、ユキちゃんなら知ってるでしょ？

もっとゆっくり、分かりやすく言ってくれなきゃ……

『周囲は君に再婚を勧める。だから君は、新しい誰かと、幸せになってほしい。再婚話を持ち込む周囲に怒ることなく、むしろ受け入れて、再婚してほしい。私という過去にとらわれることなく』

……そんな内心の言い訳さえ見透かしたように、ユキちゃんはそう綴《つづ》っていた。

『私は、君と一緒にいられて幸せだった。だから君には、それ以上に幸せになってほしい』

憎たらしいほど落ち着いた筆致。あまりに普段と変わらない言い回し。

そして呆気ないくらい簡単に、最後の手紙は終わってしまう。

『人生が終わってからの茶番にまで付き合ってくれてありがとう。君を私から解放します。

どうかこれから先も、お体に気を付けて、健《すこ》やかにお過ごしください』

今まではあった追伸も、続きの便箋《びんせん》も、何をしてほしいという要望もなかった。今まで細く微かに繋がっていた『ユキちゃんがそこにいる』という感覚が、プツリと途切《とぎ》れてなくなってしまう。

「……ユキ、ちゃん」

空っぽの部屋で虚《むな》しく呟いた声は、どこにも届かず消えてしまった。

だから僕は、体を引きずって寝室に引き返すと、バフッと自分の布団に倒れ込んだ。

そのまま必死に瞼《まぶた》を閉じて眠気《ねむけ》を引き寄せる。

——次に目を覚ました時にはきっと、新しい手紙があるはず。

そう盲目的に思い込んで、僕は意識を無理やり眠りの淵《ふち》に沈めた。


【…………】


……あれから、何回日が昇《のぼ》って、何回沈んだんだろう。

眠っては目覚め、手紙の山を確認して最後の手紙を読み返し、新しい封筒がないことを確かめると布団の中へ帰っていく。そんな日々を、僕は繰り返した。

自分のスマホがけたたましく鳴っていたけれど、一回も出なかった。そのうちカタリとも鳴らなくなったから、きっと充電が切れたんだろう。ベランダに干しっぱなしになっている洗濯物はきっと煤《すす》けてゴワゴワになっているだろうけれど、もう全てがどうでも良かった。

何も食べず、何も飲まず、ひたすら眠っては起きて手紙を確かめるというルーティーンだけを繰り返した。途中眠れなくなった時があったけれど、飢えも渇きも感じなくなってしばらく経ってから、意識が朦朧《もうろう》として、寝てるのか起きてるのかもよく分からない状態になった。

——僕も、ユキちゃんみたいに砂になって崩れてしまえばいいのに。

横向きに横たわる僕の視界には、パジャマが散らばったままの布団が映る。瞬《まばた》きを忘れた目を潤《うるお》すためなのか、勝手にこぼれた涙が頬を伝ったのが分かった。

——そうすればきっとまた、ユキちゃんと一緒にいることができるのに。

意識がまた、溶けていく。もう眠りに落ちていくのか死に落ちていくのかも分からない。

……どれだけ、落ちていたんだろう。

僕はもう一度、瞼《まぶた》を上げることになった。淡く部屋を満たす光の加減から時間を計《はか》ることはできなかった。

布団から起き上がってダイニングテーブルの上にある手紙の束を確かめたいのに、体がピクリとも動かなかった。やっとここまで来たのかと、僕は案外丈夫な自身の体に溜め息をつく。

だけど次の瞬間、僕は息を詰めて、体を強張《こわば》らせた。

フワリと翻《ひるがえ》るリビングのカーテン。洗濯物の姿がないベランダ。きっちり片付けられたキッチン。掃除の行き届いた部屋。

もう誰も座る人のいない椅子の上にちょこんと膝を抱えて座って、彼女は僕が散らかした彼女からの手紙を、一枚一枚読み返しては綺麗な山に戻していた。

――ユキちゃん
一番お気に入りだったストライプのシャツに濃い色のジーンズを合わせたユキちゃんは、僕の方を振り返ると、かつての日々のように涼やかに笑った。布団の巣から抜けられませんか、と笑ったユキちゃんは、ダイニングの椅子から降りるとペチペチと裸足《はだし》でフローリングを踏んで僕の枕元までやってくる。

――ユキちゃん、今までどこに行ってたの⁉　放置され過ぎて死んじゃうかと思ったじゃないかっ‼

枕元に座り込んで目を合わせてくれるユキちゃんを今すぐ起きて抱きしめたいのに、体はイチミリも動こうとしてくれない。なんで、なんでこんな時に限って……っ‼

焦る僕を、ユキちゃんはいつもの涼やかな瞳に少しだけ温かい感情を混ぜて見つめているようだった。旅立つ旨を記した手紙をあんなに残したのになぁ、と呟くユキちゃんは、ちょっと苦笑しているようにも見える。

冷蔵庫、見たよ。私が残してったおかず、残さず食べてくれたんだね。自炊も頑張ってるみたいじゃないか、偉い偉い。洗濯も掃除もできてる。すごい進歩だ。……それなのに、布団の国のお布団王子なところだけは変わらないんだから。

「……だって、ここから出て新しい日々を始めたら」

自分の体内に水分なんてほとんど残っていないはずなのに、涙がこぼれたのが分かった。それでも変わらずユキちゃんの姿が見えているのは、これが夢でしかないとどこかで理解しているせいなのだろうか。

「ユキちゃんのいない新しい生活を始めなきゃいけないから」

そんなのはイヤだ、それならずっとここにいる。むしろこのまま死んでしまいたい。そうしたらユキちゃんのところに行けるじゃないか、もう置いていかれるのはイヤだ。

小さな子供みたいにしゃくりあげながら訴えると、ユキちゃんは少しだけ困ったように眉を寄せた。死に支度《じたく》を完璧にやりすぎたかー、と呟くユキちゃんに、僕はその恨みもついでにぶつけた。勝手に片付けるなんて、自分の痕跡をきっちり消していこうとするなんて、冷酷非道もいいところだと言い募《つの》ると、さすがにそれは言い過ぎじゃない？とユキちゃんから反論がくる。

まだ僕が辛さを訴えようとすると、ユキちゃんは言わずに終えようと思ったのになぁ……、と何かを諦めたように呟いた。

その声が妙に強く響いたから、僕は口に出そうとしていた言葉を引っ込める。

あのね、と。そんな僕を真《ま》っ直《す》ぐに見つめて、ユキちゃんは少しだけ切なさを混ぜて、笑った。

——私の嫁入箪笥《だんす》の、一番下の段を開けてみて……

そこで、僕の意識は浮上した。


「……っ」

薄く、夕暮れの光が部屋に差し込んでいた。急に跳《は》ね起きたから、クラリと頭が揺れる。

僕はそれを振り払うと立ち上がった。久しぶりの動作に体がついていけず、カクリと膝が折れて、五歩とちょっとの距離を進む間に二回も転んでしまった。

辿り着いたユキちゃんの部屋は、北側にあるせいかリビングよりずっと暗かった。嫁部屋はすぐに明るくなった。久々に受けた強い光に目をしょぼつかせながら、僕は必死に嫁入箪笥《だんす》の前に倒れ込むように座る前にかろうじて照明のスイッチを入れたおかげで、部屋はすぐに明るくなった。

分厚い冬物衣料をしまうためなのか一段だけ深く作られた引き出しは、衰《おとろ》えた僕の腕でもスルリと開けることができた。まるで僕が触れるのを待っていたかのようなスムーズさだった。

空《から》なのかと疑いたくなるくらい軽く開いた引き出しの中には、見覚えのある箱が入っていた。

「……これ」

吐息に混ぜるようにして囁き、箱を外へ取り出す。

その箱は、かつてユキちゃんの本棚の一角に置かれていて、小物入れとして使われていた物だった。元々は百均でDVD収納用に販売されていた組立式の蓋《ふた》が付いた収納ケースだ。ユキちゃんが消えてしまった朝、もうその箱はすでにいつもの場所から消えていたから、てっきり寄付の段ボールに入れられたか、ユキちゃんが事前に捨てていたのだと思っていた。というよりも、この嫁入箪笥《だんす》にまだ、何か物が入っていたなんて。もう、誰かに何かを引き取ってもらう指示も、処分の指示も、ないはずなのに。

僕は息を詰めると、そっと蓋《ふた》を上に引いて、中を開いた。

真っ先に目についたのは、雑然と突っ込まれた紙だった。書類の裏紙に走り書きのメモがたくさんされている。手紙の文字よりもさらに殴り書きが酷《ひど》くて、パッと見ただけでは何が書いてあるのかも分からない。

……だけど。

『死にたくない。いや、もう死んでるんだけど。消えたくない。怖い』

『なんでこんなめにあわなきゃいけないの、私が』

……ずっと、ユキちゃんの字を追ってきて目を鍛《きた》えられてしまった僕には、分かった。

『想像以上にしんどい』

『え？　こんなんで意味通じる？　↑いやもうこれしかない時間ない信じろ』

誰にも何も説明しないで消えたユキちゃん。完璧に死に支度《じたく》をしていったユキちゃん。

でもユキちゃんは本当は誰よりも怖がりで。聡明であったからこそ、色んな可能性を想像しては未来を怖がって。だから、自分は長生きできないんじゃないかと恐怖して、死んだ後のことまで心配して。怖い夢を見ると、朝一で僕に話さないと気が済まないくらいの子で。

……そんなユキちゃんは、自分がもう死んでいて、消えてしまう時刻が刻々と迫《せま》ってくる中、それを一切悟らせずに振る舞うために、一体どれほどの恐怖と戦っていたんだろう。

この紙は、その恐怖を僕に悟らせないために吐き出した証。きっとユキちゃんは、最期の最後までこうやって戦っていたに違いない。だから、処分に困ってここに隠した。ゴミ箱に捨ててしまったら、完璧に終えた死に支度《じたく》に傷を付けると分かっていたから。

『トモくんごめん、ほんとごめん。きっと泣くよね、しんどいよね、長生きしてほしいっていつもいってくれたのに、ごめん』

『幸せになってほしいから忘れてほしいけど忘れられたくないこんなこと手紙に書くのしんどいサイコンとかやめて』

『あいつこれからどうやって生きてくの？　家事全部私がやってたのに↑そのために全力の仕込を！　一カ月分は　その後はあいつの生活力を信じるしかない』

便箋《びんせん》も、ルーズリーフも、コピー用紙も残っていなかったのだろう。使われていたのは、全部書類の裏紙だった。あるいは、そういう紙しかユキちゃんは、自分に使うことを許せなかったのか。

『私は、幸せだった』

そんな中、一枚だけ、裏紙じゃなくて、ユキちゃんのお気に入りだった便箋《びんせん》を使った手紙が、入っていた。

『誰よりも愛してもらった。疑い深い私が、疑う余地がないと思うくらい、深く、絶対的と思えるくらいに』

その『手紙』だけ他の殴り書きとは違って、綺麗な……だけど、震えていると分かる文字で、綴《つづ》られていた。

『もっと、トモくんの傍《そば》にいたかった。人生を共にしたかった。私がトモくんに「次」を残してあげたかった。一緒に、育てていきたかった』

便箋《びんせん》にはところどころ丸く水滴が落ちた跡があった。間違って握ってしまったのか、クシャリと曲がった跡があった。言葉に迷ったのか、インクが溜まったシミがあった。

『死にたく、なかったな』

……それは、唯一彼女が自分の本心をさらした、彼女自身に宛てた手紙だった。

隠された手紙の下には、見覚えのある小さな宝石箱。彼女が誰にも渡したくなくて隠していた唯一の遺品がなんであるのか察した僕は、その小箱を抱えてヨロヨロと寝室に戻る。

二つ並べた、床に直接マットレスを置いた、敷《し》きっぱなしの万年床。綺麗に整えられて冷え切った片側には、僕の妻のパジャマが散らばっている。

そのパジャマを拾って丁寧に畳《たた》んで、妻の布団の上に置く。そして僕は、二つの布団の間に空いたわずかな隙間を探《さぐ》った。目当ての物は、パジャマの袖口が向いていた辺りに転がっていた。

「……最期の最後まで、つけていてくれたんだね」

僕の指にははまらない、細くて繊細な指輪を手に、僕は抱えてきた小箱の蓋《ふた》を開いた。中にはピカピカ輝く銀とダイヤモンドとアクアマリンでできた指輪。優美な曲線を描く指輪に拾った指輪を添わせると、二つの指輪はピタリと重なった。だけどいつも妻の指にはまっていた結婚指輪はだいぶくすんでいて、フォルムはピタリとはまるのに色はきっぱりと分かれてしまう。

この指輪が二つ揃うところを見たのは、結婚式で妻がこの二つを揃えてはめていた場面を見た時以来だった。

「いつの間にかこんなに色が変わっちゃうくらいの時間を、手を使う作業を……重ねていてくれたんだね」

僕の指にある指輪と同じ色をした結婚指輪と、綺麗なままの婚約指輪。

私物をことごとく処分していった彼女が、唯一自分のために残していった遺品を前に、僕はこれが最後だと決めて、思いっきり声をあげて泣いた。

【・】

僕の実家のお墓は、周囲を田んぼに囲まれた中にポツンとあって、風がある日にお参りに行くと、結構モロに風を受ける。

そんな田んぼ風に吹かれながらお参りを終えた僕は、新しく刻まれた名前を指でなぞってから立ち上がった。チャリリ、とチェーンに通して首から下げた指輪が服の中で揺れて、それが機嫌がいいと跳《は》ねるように歩くクセがあった彼女を思い出させて、少し眉が下がった。

「失踪扱いだと、死亡が成立するまでに七年かかるんだって」

一緒に参拝していた母は、僕の指先がなぞった名前を見つめて、小さく呟いた。

「ユキちゃんが最後にくれた手紙に書いてあった。……結婚適齢期の七年を、無駄にさせるわけにはいかないから、死亡診断書が出るようにできるだけの準備をしたけれどって」

小澤家は墓を作る予定はないから死んだら僕の実家の墓に入れてほしいと、ユキちゃんは遺書の中に書き残していた。

鑑識から帰ってきたユキちゃんは、ほんの一握りまで減っていた。僕の実家もユキちゃんの実家もそのことをすごく怒ったけれど、僕はむしろ逆で、一握りでもユキちゃんが帰ってきてくれたことが嬉しかった。ユキちゃんなら『科学の発展のために検体をすべて使ってくれてもかまわない』とか、手紙に書いていてもおかしくないと思っていたから。

「……まぁ、うちらから再婚を勧めるなんて、できないけれどね」

一連のユキちゃんの予想の中で唯一違う行動をした母が、もう何回か聞いた言葉をまた繰り返した。

「智弘のお嫁さんは、ユキちゃんだもの。他の娘《こ》が来てくれても……きっとうちらが対応できないわ」

「……このまま僕が結婚しなくて子供も作らなくて僕が末代になったら、ここの土地はどうすんの？」

「それはあんたが考えてくれればええに。うちらはとりあえず、あんたに託《たく》せばいいんだから」

その言葉に、僕は瞳を伏《ふ》せた。

母が唯一ユキちゃんの予想を裏切ったように、僕は唯一、最後の最後でユキちゃんの望みを裏切った。ユキちゃんが遺書に書いていた望みだ。

『婚約指輪は仏壇に、結婚指輪は骨壺に入れてほしい』

その二つが揃って揺れる首元を押さえて、僕は小さく笑う。

「うーわ、ほーにん主義」

「ガッチガチに親の希望で固められるよりいいでしょ」

都会育ちのユキちゃんは一面田んぼが広がる景色が珍しくて、またとても美しいものに見えたそうだ。だから、眠るならここで眠りたいのだと、思ったらしい。

僕にとっては見慣れたつまらない景色。この景色に見飽きたから僕は、都会に就職しようと思った。

――もっと、知りたかったな。

吹き渡る風に頭を揺らす稲穂を眺めて、結婚して初めてのお盆にここに来てくれたユキちゃんが、今の僕と同じように田んぼを渡る風を見ていたことを思った。

――君が見ていた、景色のことを。

「さぁて、そろそろ帰ろうかね。あんた明日は仕事でしょ。今日中にアパートに帰らにゃ」

「うん」

頷いて、先に歩きだした母を追う形で墓地を出る。

その間際に一度振り返って、風に吹かれるお墓をもう一度見つめた。

「……おやすみ、ユキちゃん。良い夢を」

どうかこれからも、僕のことを見守っていてほしい。今度は僕から、手紙を書くから。

風に乗せた言葉は届かずに消えたのか、ユキちゃんからの返事はなかった。

だけどお墓に供《そな》えた雪のように白い百合の花が、頷くように風に揺れながら、僕のことを見送っていた。

彼女と私　～桜の季節に君と出逢い～

【-1】


「私、死んだっぽいんだよね！」

エイプリルフールの早朝。

満開の桜を背景に、親友はニパッと笑ってそう言った。

＊　＊　＊

「いいかい、ミケラニコフよ。エイプリルフールの嘘は、楽しくなる嘘じゃないといけないんだぞ？」

「うん。おまけに午前中につかないといけないんだよね？」

「……先程のは、いかにも不謹慎だと思わないかい？」

「ごっめーん！」

『テヘッ』と語尾に星でも飛びそうな口調で謝った彼女に反省の色は見えない。リビングの床に直接正座させられているというのに、ハタハタと揺れる犬耳と犬しっぽの幻影が見えるような雰囲気で彼女は私を見上げている。

パジャマ代わりのジャージ姿のまま彼女の前に立っていた私は、思わず額に手を置いて溜め息をついた。

彼女の名前は池上真美《いけがみまみ》。『イケガミ』『ミケガミ』『ミケ』ともじって、普段は私に『ミケ』とか『ミケラニコフ』と呼ばれている。あだ名は猫系でもご本人は見ての通りのワンコ系。今年で御歳三十一になるというのに、雰囲気は大学生の頃と全く変わらず無邪気なままで、恐ろしいくらい外見にも変化がない。全体的に色素が薄いのは遺伝だそうだけど、フワフワの髪は突発性。家族の中で自分だけが天パなのが昔からイヤだったそうだ。こんなに可愛らしい外見をしているのに、ご職業は意外や意外、全国転勤アリの林業関係者。どこへ行ってもゴツイおっさんとおじいさんしかいない現場を転々とする、全国的に見ても珍しいリアルハード山ガールだ。

私はもう一度溜め息をつくと額から手を外した。腕を組んで視線を落とすと、ミケは変わらずキラキラした目で私を見ている。

ミケは今、長野《ながの》の事務所に勤めている。当然、自宅は長野にある。対して私は大学を卒業してからずっと愛知《あいち》に住んでいる。長野から愛知まで来るにはＪＲの特急しなのに乗るのが一番早いのだが、それだって長野―名古屋《なごや》間できっちり三時間、我がアパートまではさらにプラスで一時間は見ておかなければならない。おまけにしなのの始発は名古屋発が七時台、長野発だと六時台。どう考えてもこの時間にここにいるためには前入りするしかない。

「なんで名古屋に来てたなら前もって教えてくれなかったの。昨日だって前もって教えてくれてたら、何がなんでも仕事終わらせて夕飯一緒したのに……」

「あれ？　最初に言うべきことって、それなんですか？」

「それでしょうよ」

「こんな早朝に、アポなしで来たことへの文句を聞いていない気がするんだけど」

そういえば、言っていない。

そのことにハタと気付いた私は、そのままハタハタと目を瞬《しばた》かせた。不謹慎な言葉と、どうやら前入りしていたくせに連絡をくれなかった不義理に対しては文句を言ったが、アポなしの奇襲だったことは特に気にしていなかった。

「……まぁ、来てくれたことは、嬉しいし……」

ミケは昔かたぎの、ものすごく律儀な子だ。

何かをしてもらったら丁寧なお礼。約束事はきっちり厳守。何かをおごってもらったら次は必ずおごり返す。

そんなミケがこんな奇襲をかけてくるなんて、本来の性格上ありえない。奇襲するつもりであったとしても最低一週間前にはこちらの都合を確認してくるのが本来のミケだ。

でもそのミケは、今現にこうして私の目の前にいるわけで。それに私はたいして怒ってもいないわけで。それよりも、およそ半年ぶりに親友と顔を合わせたことを喜んでいるわけで。

「まぁ、そこはいいんじゃない?」

私は結局、寝癖でボサボサの頭を掻《か》きながら、ゆるく答えた。そんな私にミケはふはっと気の抜けた笑い声を上げる。

「オザキ、変なの～」

いつも通りの反応。いつも通りの緩《ゆる》さ。

……だけど。

「……ミケ、どしたん?」

私の唇から、知らない間に疑問が零《こぼ》れていた。

「ん?」

「何かつらそうというか……何かあった？」

根拠はない。考えて出た言葉でもなかった。ただポロリと出た言葉とでもいうべきか。コロコロとミケに向かって転がっていった言葉が、コツンとミケに当たって止まる。

その言葉を見てミケは笑みを浮かべたままクシャリと顔を歪《ゆが》めた。

「あはは……やっぱ、敵《かな》わないなぁ……オザキには」

……これは何かあったらしい。いや、何も言ってこないまま、長野―愛知間の距離をものともせず奇襲をかけてきた時点で、余程のことがあったとは思っていたが。再会直後のあの不穏な発言も気になる。本来のミケは奇襲をするタイプでもなければ、あんなブラックジョークを口にするような人間でもないのだ。

「着替える」

私はクルッと身を翻《ひるがえ》すとタンスに向かった。

「君は朝食の準備をしなさい」

「ワンッ！」

『ミケ』の癖にどこまでもワンコな私の親友は、正座をしたまま楽しそうに答えたのだった。

【-4】


「オザキ、毎朝ちゃんと朝ごはん食べてから出勤してるんだよね？　朝抜きで出勤なんかしてないよね？」

「食べてますよ。……電車の中でだけども」

「コラーッ!!　……まぁ、オレもチャリに乗りながらパン食べて『朝ごはん』とか言ってますけども」

「コラーッ!!　そっちの方が危ないでしょうが！　リアルに『いっけなぁ～い！　遅刻しちゃう～！』ってラブコメの女子高生してる場合か！」

「あっはは～！　交差点の出会い頭《がしら》で運命の人に出会っても、撥《は》ねたまま気付かず通過しちゃいそうですね」

「ミケならあり得そうで怖いわ」

『君は朝食の準備をしなさい』と言いつけたはいいものの、我が家の冷蔵庫には二人分の朝食を準備する余力はなく、結局二人揃って朝ごはんを食べに出掛けることになった。

かろうじて冷蔵庫に残っていたゼリー飲料をミケにすすらせている間に外出できるだけの身支度《みじたく》は整えたものの、その後ウダウダとミケと四方山話《よもやまばなし》に興じていたらあっという間に『早朝』と呼ばれる時間は過ぎ去っていて、今の私達は通勤ラッシュの時間を過ぎて間延びした空気が漂う電車に乗って、繁華な都市部へと向かっている。

「チャリは軽車両扱いだから、人撥《は》ねたら大変ですぞ、ミケラニコフよ」

「オレがそんなヘマやらかすわけないでしょー？」

「まぁ、そうだわな。どちらかというと華麗にドリフト決めた瞬間、口にくわえてたパンを喉に詰まらせてむせてそう」

「あっは、言えてるー」

今日も可愛らしい外見に似合わず一人称が『オレ』という男前な言葉遣いで、ミケはポンポン私と言葉を交わしていく。

そんなミケをチラッと見つめて、私は過ぎゆく車窓の風景に視線を戻した。満開を迎えた桜はどこも綺麗で、この時期の通勤はそれだけで心が弾む。普段はなんの木か分からない、なんてことない街路樹が、このシーズンだけ己の名を主張するのが、なんとなく面白いとも思う。

……ミケは、いつもと変わらないように思えた。奇襲をかけてきた理由を語るそぶりを見せようとしない。

でも、電車のダイヤを見て思い出したのだが、今日は思いっきり平日だ。曜日不定のシフト制で平日にも不規則に休みがある私とは違って、ミケの職場はきっちり土日祝定休。今日は本来、ミケは仕事に行っていなければいけない日であるはずだ。有休を取ったというのも考えられるが、それならますます私のところに一切連絡なく登場したというのが分からない。休みが被るかどうかも分からないのに有休を取って私のところまで来るなんて、リスキー以外の何物でもない。

「朝ごはん、何か食べたいもの、ありますかー？」

「それ、今まさしく私も訊《き》こうとしてた」

でも、それを私から無理やり訊《き》くのは、なんだか野暮なような気がした。簡単に話せる気分なら、もうミケはその理由を私に話している気がするから。

——……まぁ、ミケが話したくなるまで、ちゃんと付き合いましょうかね。

そうケリを付けた私は、目下の悩みである『朝食何にするか問題』へ思考回路を切り替えた。

私とミケが一緒に行動する時はいつもそうなのだが、とにかくグダグダ感がひどい。どちらかに何かキパッと決まっているものがある時はいいのだが、何も決まっていないとお互いの許容範囲が広すぎて本当に何も決まらない。どこに行くかも、何を食べるかも、何が買いたいのかも、本当に何一つ。またお互いそんなグダグダな空気を楽しめてしまうから厄介だ。多少イライラすれば何かを決めようという気にもなるのに、それがないから余計に何も決まらない。

結局乗っていたＪＲが名古屋駅に入り、地下鉄で栄《さかえ》まで乗り継いだ後も『朝食何にするか問題』は解決しなかった。グダッと栄の地下街を進んだ私達は、『何が食べたいと決まったわけじゃないけど、とりあえずお腹が空いたから何か食べたい』というダルッとした理由で、適当に目についた喫茶店に入った。その時にはすでに気の早いランチが始まっていて、結局私達は遅めの朝食と早めの昼食を兼ねてガッツリとパスタセット、さらに欲張ってデザートまで注文して席に着く。

「昔っからさ、私らのグダグダ加減は変わらんよね～」

「いや、昔の方がもっとキリキリシャンと決められていました」

「あー、今よりお腹すくのが早かったから？」

「そうとも言いますね」

半端に丁寧語が混じる口調も、ミケの癖。その癖はこの十年の内で、私にも染《し》み付いてしまった。

「十年……いや、十一年？　十二年か」

「あー、やっとそんなもんですか？」

「んー」

「オレ達の『ツーカー』具合に、やっと年数の方が追い付いた感じですね」

「その表現……。ミケ、君いくつよ？」

「んんん、オザキと同じで三十歳ですよ！」

「残念だったな、ミケラニコフよ。私は今年三十になったが、ミケラニコフは今年三十一歳になるのだ！」

「ガッビーン!!」

ふと気付いて、知らず過ぎていた時間に戦慄《せんりつ》することもある年数。出会った当初からこんな関係だったから忘れがちだけど、二人で積み上げてきた年数は、まだまだ私達の人生の三分の一程度しかない。

ふと、今朝見た光景が、十二年前の光景に重なって見えた。

「……あの時は、『うっわ、どこのお嬢様なんだろ？　住む世界が絶対違うわ』って思ったんだけどな」

「あー、初めて会った時のこと？」

運命だったよね、とミケが続けた瞬間、注文してあったパスタが運ばれてきた。ミケの前にはナスとキノコのトマトソース、私の前にはシラスと干しエビのオイルパスタ。店員さんが現れて去るまでの間、わずかな沈黙が幕を下ろす。

「生協主催のパソコンセットアップ講座で、まさかここまで意気投合する相手に出会うとは思ってなかったのよね」

「出会いって、どこにあるか分かりませんよね」

私達が通っていたのは、地元ではそこそこ名の知れた私立大学だった。でもお互い、そこに行きたくて進学したわけじゃない。私は滑り止めで受けた大学だったし、ミケの方もあわや浪人かというギリギリで滑り込んだ大学だったと聞いている。

あの、桜が綺麗に咲き誇っていた春。

地元の国立大学合格間違いなしと、一族郎党と学校の期待を背負わされていた私は、その全てを見事に裏切って第一志望校に落ちた。周囲が昔から第一志望校の名前しか言ってこなかった私は、受験に際してもろくに学校を調べることもなかったから、第一志望校が全てで第二志望の学校なんてなかった。滑り止めの私大も、第一志望に近い学部学科で、通学可能圏内というだけで選んでいて、ろくに知らないし興味もなかった。その滑り止めも、行く気がなかったから一校を一方式で受験しただけだった。

綺麗な桜に反して私の周囲の空気はかつてないほどに暗く、私自身はその空気にさえ興味を持てずにその春を迎えた。

そんな中で膨大な入学資料の中から、ペラリと一枚だけ入っていた生協主催のパソコンセットアップ講座のビラを見つけられたのは、もはや奇跡に近いことだったのかもしれない。あるいは、クサイ言い回しをするならば『運命』ってやつか。

「あの場にいられたのは、オレの人生で一番の幸運でしたね」

早めに会場に着いた私は、会場が開くまで入り口前でぼんやりと立ち尽くすことになった。そこには先客が一人いたけれど、人見知りな上に劣等感の塊になっていた私は、とてもじゃないけれど先客に声をかける気にはなれなかった。

フワフワの色素の薄い髪を綺麗にポニーテールに結い上げていたから、抜けるように白い首筋が春の柔らかな日差しの中に惜しげなくさらされていた。春風と一緒になってフワリと揺れるフェミニンなスカート。そこだけ見るとすごく女の子らしい可愛らしさにあふれていたのに、全身を見ると甘くなり過ぎずどこかスポーティーさも感じさせる抜群のファッションセンス。イヤホンをつないで音楽に聞き入る立ち姿は『清楚』という言葉そのもので、ノーメイクに放置された直毛の黒髪、やぼったい格好をしていた私とはもはや生きる世界からして違うと思った。別会場に用事のある人間か、仮に同じ場所に用事がある人間でも、良家のお嬢様で、ここを第一志望にしてきた文系の民だろうと勝手に思っていた。

「それが蓋《ふた》を開けてみたら、私と似たような境遇の、そこらの男どもより男前なガテン系紳士なんだもんなぁ」

「オザキ、この話になると毎っ回そうやって言うけど、初回のオレにどれだけ幻想抱いてたわけ？」

「いやだってさぁ！　髪は地毛でフワフワは天パで、化粧と服はこっちの親戚に無理やりやられて着させられたやつで、緊張のせいで耳にイヤホン突っ込んでたはいいものの音楽再生するのを忘れてて、イヤホンから一切音が聞こえてないことに気付いていなかったとか、あの光景を見て分かるはずがないじゃんね⁉」

おまけに滑り止め校を受けていなかったせいで進学先が見つからず、ギリギリで見つけた大学にギリギリで入ったせいで、その時のミケは実家から遠く離れた大学に入学が決まったものの、下宿先すら決まっていない状態だった。大学まで電車で三十分圏内にあった親戚の家にしばらく置いてもらえたから良かったものの、それができなかったら新幹線通学を真剣に考えなければならないありさまだったというのだから、その無計画さには驚きだ。

そんなミケがいつまでもお嬢様然とした空気を纏《まと》っていられるはずもなく、……というよりも、私が劣等感から勘違いをしていただけで、ミケの方は最初からそんなものを纏《まと》っているつもりはなかったのだろうが、とにかくそんなミケが自分と同じようにぬぼーっと立っていた私を発見し、声をかけてくれたところから私達の交流は始まった。

少し話をすると、お互い本の虫で進学先の学部学科が同じで、さらに進学するに至った理由まで似たようなものだと分かって、私達はセットアップ講習が終わる頃には周囲に幼馴染《おさななじみ》かと勘違いされるような意気投合っぷりを見せていた。サークルも同じところに入ったものだから、大学の四年間を私達はほとんど一緒に過ごした。私の人生の中で、あれほど濃密な時間を一緒に過ごす人間なんて、もうきっといないと思うくらいには。

「オレの人生で、オザキ以上に濃密な時間を過ごした人は、他にいませんでしたね」

ミケも、ちょうど同じことを思っていたらしい。綺麗にパスタを巻き上げたフォークを私の方へ差し出しながら、ミケはしみじみとそう言った。

私はそのフォークの前でパカッと素直に口を開く。いつものように嬉しそうな顔で私の口にフォークを突っ込むミケには、やはり犬耳と犬しっぽの幻影が付いて回る。

「んぐ……、いやいや、まだ現れるかもしれんじゃん」

パスタを綺麗に咀嚼《そしゃく》してから、私は自分の皿に入れたフォークを回した。クルクルと音もなく巻かれていくパスタに、シラスと干しエビが巻き込まれていく。

「えー？」

「言っといてハナからイラッとするけど、万が一結婚とかして、相手にゾッコンとかになっちゃったら、分からないじゃん？」

……あ、ヤッバイ。本当に自分で言っといてちょっとイラッときた。

だけど、私達だってもう三十歳を過ぎた。お互い長女だし、両親の期待やら、何やら色々な物があるのもまた事実。……いや、ほんっと、ミケに彼氏ができたり、その果てに結婚なんてなったら、年甲斐もなくやさぐれてしまいそうなんだけども。想像しただけでイラモヤしているくらいなんだけども。

「あー、まぁ、オザキは普通に結婚しそうだもんなぁー」

綺麗に巻けたフォークを差し出すと、ミケも素直にパカッと口を開けた。

その中にフォークを差し込みながら、私は返ってきた言葉に目をしばたたかせる。

「は？　私が？　結婚？」

私が言ったのはミケのことだったのだが……。自分が結婚するところなんて、ミケの結婚以上に想像がつかない。

「ん」

しかしミケはいたって真剣な顔で頷いた。モグモグとパスタを咀嚼《そしゃく》していても、ミケの『ん』が肯定の『ん』であることは分かる。

「いやいや……。私のどこを見てそんなことを……」

私は空になったフォークをヒラヒラと振って真剣なミケに否定を返した。

「私は、割と真剣に還暦後のミケとの同居を考えているんですけども」

「そういや、そんな話もしてましたよねぇ」

「最近はそれが一番魅力的かもと思えてきたよ」

「まぁ、長女に寄せられる期待を諦めさせるには、それくらいの年齢にならないとダメですよねぇ」

昔、なんの気なしに、どちらからともつかずに言った言葉だった。

『下手な男捕まえるより、うちらで一緒になった方が、きっと色々幸せだよね』

『でも、適齢期の内に女同士で一緒になるのは、なんだか家に申し訳ないよね。うちらの間にあるの、明確な恋愛感情なんかじゃないし。別に性的な意味でイチャイチャしたいわけじゃないし』

『そーそー、百合って感じじゃないのよなー』

『愛とか恋とか欲とか飛び越えた強い何かではあるけど、家族に向ける感情とも違うのよな。名前が付けれんけど、深い何か』

『言えてるわ』

だから、お互い、いい歳を過ぎても結婚相手がいなかったら。そのことにとやかく言う周囲もいなくなったら。

一緒に縁側のある家に住んで、ひなたぼっこでもしながら、一緒に美味《おい》しいお茶を呑《の》もうね、と。

それは約束というほどキッチリしたものではなくて。もっと漠然とした、夢とか希望とか、そんな二人の共通認識のようなものだった。

忘れられてもいいし、叶わなくてもいい。素敵な人と出会ったらその人と一緒に歩んでいってほしいと願っているのも事実。

だけどミケがこの言葉を覚えていてくれて、否定することも笑うこともなく私の言葉を受け入れてくれていることが、私にはいつだって嬉しくて。支えで、お守りみたいで。この言葉があったから、どんな時でもつまらない相手に自分を安売りすることなく、ここまで生きてこれたのだと思う。

「それでもオザキは、幸せな結婚をすると思うなぁ」

「何さー、その言葉」

「まぁ、オレの『一番』がオザキだってことはもはや不動だし、オザキの中でのオレも『一番』であってほしいとは、ずっとこの先も思い続けますけどね」

ムスッとした顔をしてみせると、不意にミケは視線を伏《ふ》せた。元々色素が薄いのにさらに色が抜けて緑がかった瞳が、透き通った笑みを浮かべる。

「そうやって、今でも、思っちゃってますけどね」

その笑みを見て、不意に私はミケの腕を取っていた。

それは本当に無意識の行動で、私は私で手のひらにミケの腕が触れて我に返ったし、ミケはミケで目をパチクリさせて私を見た。

「え、あ……」

「ん？　どしたん、オザキ」

私は、ミケを見つめたまま、しばらく息ができなかった。遅れてドクドクドクドクと心臓が暴れ始める音が聞こえた。

——……なんで、私……

ミケは今、ここにいる。私の、目の前に。ちゃんと私の腕はミケの腕を掴んでいる。その感触がある。ギュッと力を込めれば、ミケ特有の低い体温がじんわり私の手に伝わってくる。

それなのに。それを今この瞬間も、全力で確かめているのに。

——どうして、ミケが消えちゃいそう、なんて……

縁起でもない。冗談でも言うことができない。

ミケがいなくなる？　私の世界では一番あり得ない。普段なら簡単に笑い飛ばすことができる、一番現実味の薄い言葉。誰が私の傍《そば》を離れても、ミケが私から離れるなんてありえない。たとえ物理的な距離がどれだけ開いたって、心はいつでも傍《そば》にある。ずっとそう思ってきたし、実際ずっとそうだった。

それなのに。そうだというのに。

……さっき感じた恐怖が、私の本能にすり寄ってきて、消えてくれない。

「……や」

大丈夫、大丈夫だから、と自分に必死に言い聞かせて、私は一本ずつミケの腕から自分の指を外した。キョトンとしたミケは、そんな私の葛藤には気付いていない。

「なんでも、ない。……ごめん」

……ミケが不意に、遠くへ行ってしまいそうな気がして。

……ミケが、このまま消えてしまいそうな気がして。

そんな言葉を、説明のためであっても口にしたくなくて、私は結局すべてを呑《の》み込んで口を閉ざした。

不吉。不吉と言えば、ミケが朝一でついた嘘を否定する言葉を聞いていなかった。エイプリルフールの嘘は、午前中について、正午を過ぎたら自分で明かすもの。その、本当のエイプリルフールを私に教えてくれたのは、何年か前のミケだったはずなのに。

……だけど、その否定の言葉を引き出すためであっても、またあの言葉に近付くのはイヤだった。

――大丈夫、だってまだ、正午を過ぎていない……。まだ午前中だもの。それに、必ずその言葉を言わなきゃいけないってわけでもないんだから……

「なんか、めっずらし～！　オザキでもこんなこと、あるんだね」

私の不可解な挙動を軽く受け流してくれたミケは、デザートに付けたティラミスにフォークを入れた。その中にさっき私を不安にさせた儚《はかな》い空気は微塵《みじん》も見えない。

「あ。そーだオザキ、オレ、この後に行きたい場所があるんだけども」

さらにはそんな風に続いたものだから、内へ沈みそうになった私の心はフワリとミケの方へ掬《すく》い上げられる。

「ん？　どこ？」

「んっふふー、うちらの蜜月の地に」

「……はい？」

謎掛けのような言葉で完全に私の意識を搦《から》め捕《と》ったミケは、満足そうにパクンとティラミスを頬張ると、心底嬉しそうに笑ってみせた。

【-7】

「えええ、ちょっと、こんなに新しくなってたなんて聞いてなかったんですけどっ⁉」

「郵便局は？　おんぼろな校友館《こうゆうかん》は？　今って教科書どこで売ってるんですかっ⁉」

「あ、でもこっからこう見て右半分は変わってないよね」

「この急坂《きゅうざか》と正面の建物群は変わってないですからねぇ」

ミケが『蜜月の地』と呼んだ場所……私達が通っていた大学の前に立った私達は、想像以上に変わってしまった風景に対して馬鹿みたいに驚きを口にしていた。

大学の名物ともいえる正門前の急坂《きゅうざか》自体は変わっていないけど、向かって左側にひしめいていた建物群が取り壊されて綺麗な庭に整備されていた。急坂《きゅうざか》を彩る桜並木自体は変わっていないけれど、左側の見通しがスパッと良くなったせいで受ける印象は随分と変わっている。今日はまだ春休み中なのか、行き来する学生さんの姿もまばらでポケッと立っていても奇異の視線にさらされることはなかった。

「うーん、これはこれで、いいアングルですよねぇ」

ミケは両側に桜を従えた校門を正面に捉《とら》える一等地に立つと、左右の指で作ったフレームで景色を切り取り始める。

そこでようやく違和感に気付いた私は、今更ミケに疑問を向けた。

「そういやミケ、今回一眼持ってきてないの？」

出会った当初から、ミケはすでにカメラ小僧だった。在学中一番金欠だった時期に一眼のゴツいカメラを買ってしまい、三年生の冬を無事に越せるかどうか危うかったことは未だに鮮明な記憶として残っている。『なんであえてこんな時期にカメラなんて買っちゃったの⁉』と呆れ返る私に、ミケは『だって欲しかったんですもん‼』と駄々っ子そのものの発言で返してきたものだ。ちなみに『そんなに厳しいなら融資しようか？』という言葉にミケは頑として首を縦には振らず、極貧のまま年を越したという後日談もある。とにかく、無事に生き延びてくれて良かったというのが私の感想だ。

そんなすったもんだがあってからずっと、ミケは遠出する時いつもあの時買った一眼を携えている。近場へのお出掛けでも、写真を撮れそうな気配が少しでもしていたら『一眼カメラのセットをそのまま収納できます』という言葉が売りのリュックサックの中に大切にカメラを入れていることを私は知っている。今ミケの背中にあるリュックサックがまさしくそれだ。

「あー……。今回は、撮るつもりがなかったから……」

だというのにミケは、わずかに苦笑してリュックのポケットを押さえた。

　そんなミケに、私は目を丸くする。

「え？　ミケがカメラを忘れてきたの？　あのミケが？　一回写真撮影会を始めると、周囲が一切見えなくなって安全確保のために交通整備要員が必要になる、あのミケが？」

「そーなんですよ、そのミケが、なんです」

「いやいや、どしたん、ミケラニコフ」

「ちょっと出掛けにバタバタしちゃって」

　ミケは雰囲気を変えることなく『テヘッ』と笑うと、スッと前へ足を踏み出した。足は坂の上に向かっていて、私が『え？』と思った時には、ミケは軽《かろ》やかな足取りで正門に向かって歩き出している。

「ちょっとミケっ⁉」

「せっかくここまで来たんですし、中も見ていきましょうよ」

「いや、でも……‼」

「大丈夫ですって、オレ達の外見なら。そもそもオレ達、ここの卒業生ですよ？」

　私の言葉に答えている間もミケの足は止まらない。なし崩しに私も正門に向かって坂を上《のぼ》ると、ミケは『えへへ』と嬉しそうに笑った。

「んもう……。怒られたら、ミケが事情説明してよね」

「任せといてください」

軽く答えるミケに不安の視線を向けている間に私達は急坂《きゅうさか》を上り切っていた。校門の横には守衛室があったけど、ミケはまるで在学中の学生であるかのような自然体でその前を通過していく。ビクつきながら私もその後に続いたけれど、チラリと見えた守衛室はもぬけの殻《から》だった。ほっとしながらミケを見遣《みや》れば『ね？　大丈夫だったでしょ？』とミケが笑う。

「……知ってたの？」

「いや、たまたまですよ」

そんな言葉を小さく交わしながら、私達は懐かしい母校の中に足を踏み入れた。

校舎に囲まれるようにして切り取られた広い中庭。校舎の向こうにチラリと覗く町は小さく、代わりに空は広い。私達が入学する少し前に建て替えられたばかりだった校舎はいまだに綺麗に見えたけど、やっぱり相応の年を重ねていて私達が在籍していた時よりも少しだけすすけていた。

「なっつかしー……」

「お。中、入れそうですよ？」

「さすがに目立ちゃしないかい？」

「案外、研究生達はこの時期でも出入りしてますって。堂々としていれば目立ちませんよ」

ミケはその校舎の入口へ堂々と近付いていく。ここまで来たら乗りかかった舟だと、私はミケの隣に並んで懐かしい自動ドアをくぐった。

校舎の中は、さすがに人気《ひとけ》もなくしんと静まり返っていた。ただ、ミケが言う通り、完全に無人ではないらしく、微かに人の気配を感じる。私達が在学していた頃にはなかった巨大な液晶パネルが律儀にニュースのテロップを流していて、私にはそれが物珍しかった。

「おぉー！　記憶の中にある通りですねぇ！　あ、でも中庭の木が記憶より大きくなってる!!」

見慣れないモニターに見入る私とは逆で、ミケは記憶の中にある光景に興奮しているようだった。ピュンッと飛んでいったミケが中庭を一望するテラスのアクリル壁にベッタリと貼り付いている。

「ちょっとミケ……」

さすがに人気《ひとけ》がなくてもそれは目立つでしょ、と注意しようとした私は、テロップに流れた何気《なにげ》ない言葉に目を引かれてその場に踏みとどまった。

『行方不明の有名アーティスト、砂状病《さじょうびょう》の可能性。自宅から大量の砂が発見されていたことが取材で判明』

――……砂状病、か……。最近あんまり騒がれなくなったけど、さすがに有名人となると話は別か……

テロップと同時に、画面には詳細なニュースが写真付きで表示されている。興味を引かれて目を通すと、しばらく前から行方不明になっていた人気俳優の一件だった。

砂状病。またの名を『失踪病』。

世界で初めてこの病気が取り沙汰されたのは、一体いつのことだったのだろう。私達が社会人になってからだったとは思うけど、専門家によれば発症例はもっと昔からあるはずだ、ということらしい。世界中の人間がこの病気の存在に気付いていなかったというだけで。

だって、誰が思うだろうか。

人の体がある日、いきなり、場所も時間も選ばず、砂になって崩れて消える、なんて。

崩れて消えてしまった人間が直前まで何事もなく過ごしていたことから、自覚症状はない、あるいは何か異変が起きていても大した症状ではないと言われている。感染症なのか、遺伝病なのか、そもそも本当に『病気』であるのかという点さえも分かっていない代物《しろもの》らしい。

数少ない分かっていることといえば、砂になって崩れてからその人が砂状病だったと分かるということ。つまり、発症した時には、当人が死んでいる、致死率百パーセントの病。生きている患者が存在しない上に遺体も砂となって残らないため研究が進まず、対処薬などは一切開発されていない。発症した周囲の人間が連続して砂状病になったという報告は世界中を見てもされておらず、発症メカニズムも一切不明。どういった作用で人体がいきなり、一気に砂と化すのかさえ分かっていないというありさまらしい。

だけどこの『病』は、世界中で、少しずつ、でも確実に、勢力を広げている。

そのことだけは、確かだ。

――日本でも随分認知されてきたらしいけど……。あんまりにも現実味がなくて、あんまりにも打つ手がないから、みんなどこか他人事なんだよね……

その『他人事』は、私も例外じゃないんだけども。

――本人さえ、死んだことを自覚できない。締め切った室内で発症すればかろうじて砂が見つかるけど、屋外や空気の流れがあるところで発症すれば、『砂状病だった』という証である砂さえ残らない。……『遺体』という死の証拠が残らないなら、遺族も、医者も、行政も、その人の『死』を認識することなんてできないんじゃない？

だからこの病は『失踪病』とも呼ばれているんだろう。死んだのか、失踪したのか、判別がつかないから。

こんな訳の分からない……そもそも『病気』なのかも分からない現象なのに、この仮に『病気』と置いた存在が日本でも蔓延《まんえん》していると政府が把握できているのは、理由不明の行方不明者がこの数年で極端に増えたからなんだとか。つまり、その内の何割かが『失踪』ではなく、砂と化して消えているということであるらしい。

――私だったら、イヤだな。

『死』を自覚できないのも、『死』を認識してもらえないのも。自分の最期の支度《したく》ができないことも、周囲と別れを分かち合うことができないのも。

――唐突さって意味では、交通事故とかで最期を迎えるのと似てるかも、だけども。……それよりもずっと、後味が悪い。

だって、そんな終わりじゃ、周囲に『まだ生きているかもしれない』なんて希望を与えてしまいそうだ。私が死んだら、私の周囲にはそんな希望に縋《すが》って生きるような真似はしてもらいたくない。

できるならば回避したい。だけど、回避しようがない。だって何もかもが……自分が発症する可能性があるのかないのか、それさえ分からないんだから。

「……へぇ、この人も、砂状病だったんですか」

不意に隣から響いた声に視線を向けると、いつの間にかミケが隣に並んでいた。どうやら私は、思っていたよりも長い間ニュースに見入っていたらしい。

「……砂状病って、分かっただけ、いいかもね」

「同感です。自分が『終わった』ことは、やっぱり周囲にきちんと受け取ってもらいたいですからね」

どうやらミケも私と同じ考えを持っているようだった。

ミケが身を翻《ひるがえ》して廊下を歩き始めたから、私もその後に続いた。しんと静まり返った大学は、なんだか懐かしいけれどよそよそしい。それは私がここを卒業して時間が経っているからなのだろうか。それともにぎやかな大学しか知らなくて、自分の記憶の中の風景と噛み合わないからだろうか。

「そう思ったからオレは、ここに来たんです」

よく二人で行ったコンビニも食堂も閉まっていたけれど、個人用のロッカーが並んだ地下研究室の廊下前とか、研究室が並ぶ棟には入ることができた。知っている研究室から知っている教授の名前が消えていたり、助教授だった先生が教授に格上げされていたりして、ここでも私達は時の流れを実感した。

「区切りを付けなきゃいけないと、思ったから」

ミケがポツリと呟いたのは、よく二人でくつろいだ休憩スペースで、二人でよく飲んだ紙コップ飲料の自販機に向かった時だった。

「区切りを付けるために、思い出深い場所に来たかったたってこと?」

「うーん、それもあるけども……」

あの日々と同じように、財布から小銭を抜いて自販機に投じてから、ミケはあごに人差し指の先を当てて少し迷うそぶりを見せる。小銭を入れる前に悩めばいいのに、ミケは昔から小銭を入れてから何を買うか迷う人間で、結果後ろに人を並ばせる名人だった。

「何より、オザキに会いたかった、んだよな」

「……そりゃまた、随分悩んでいるみたいで」

「そうでもないですよ。悩んでいる時間はなかったですから」

その言葉を証明するかのように、ミケはすぐにアイスココアのボタンを押した。軽《かろ》やかな音とともに紙コップがセットされ、低いモーター音とともに液体が注がれていく音が響く。

「ただ、区切りを付けられるかは、実はまだ微妙なんですけども」

大して待つこともなく、自販機の扉は自動で開いた。その中に手を入れて、ミケは小さなカップを取り出す。

――やっぱり、かつてない悩みを抱えて、私のところにやってきたって感じか……？

そう思いながらも、どこかに引っかかる違和感に私は眉をしかめた。なんなんだろう。何と具体的に言えないくせに妙に心を毛羽立《けばだ》たせる何かが、さっきからどこかに引っかかって落ち着くことができない。

だというのにその落ち着かなさを作り出している張本人は、実に不思議そうな顔で私の顔を覗き込む。

「どしたん、オザキ。眉間にめっちゃシワ寄せて」

「……いや」

まだ訊《き》くべきじゃない。私は、ミケが自発的に話すまで待つと決めたはず。

そう言い聞かせて、手の中にあった紅茶が入った紙コップを口元に添える。

……私は、『訊《き》かない』のか『訊《き》きたくない』のか、それとも……

「……紅茶が思ったよりも甘ったるくて、気に入らなかっただけ」

「あっは、ここのストレートティー、下手なロイヤルミルクティーよりあっまいもんねー」

――……『訊《き》くのが怖い』、のか。

不穏にざわめく心の声にさらに眉をひそめて、私は紅茶を飲み切った。グッと甘ったるい紅茶を飲み干すと、ミケが自然に手を差し伸べてくる。ほぼ脊髄反射でミケの手に空になった紙コップを乗せれば、ミケはいつの間にか飲み終えていたアイスココアの紙コップをそこに重ねてゴミ箱に投げ入れる。

「……ミケ、この先、どこか行きたい場所は？」

相変わらず綺麗な弧を描かせるコントロールの良さに内心だけで拍手を送り、私は眉間のシワを広げながらミケを見遣《みや》った。

「んー？」

「ないなら、今度は私の行きたい所に付き合ってよ」

「サー、イエッサー！」

何かに区切りをつけるために来たと言う割に、ミケは明るく呑気《のんき》に、あくまでいつも通りに、私の言葉に答えたのだった。


【-13】

名古屋市内……特に市街中心は、公共交通機関が発達しているから、車を持っていなくても行ける場所がたくさんある。通学定期を持っている学生ともなれば、市内は己の庭とも言える領域だった。

二人でよく特別展を観に行った美術館が閉館していた事実に行き合って二人して膝か

ら崩れ落ち、二人で初詣に行った神社の境内《けいだい》を散歩しておみくじを引き、私は研究室の課題のために、ミケは写真撮影のために一緒に訪れた庭園を眺め、少し足を延ばして植物園と動物園にも行った。

どこへ行ってもミケとの思い出が溢《あふ》れていて、『あの時は〜』『この時は〜』という話題が尽きなかった。二人して大学で習ったことなんて大半を忘れているくせに、二人で交わした何気《なにげ》ない言葉はよく覚えていて、『私達の脳みそ、どうなってんだろうね』、なんて笑ってしまった。

変わってしまっている景色も、変わっていない景色もあった。変わっているだろうと思って行った場所が案外変わっていなかったり、変わっていないだろうと思っていた場所が綺麗サッパリなくなっていたり。変わっていないんだろうけど記憶違いで違和感を覚える場所も、変わっているはずなのに妙に記憶にはまる場所もあった。

「いやぁ、人間の記憶なんて、曖昧なもんですよねぇ〜！」

色んな場所を散歩して回った私達は、最終的に栄に戻ってきて早めに居酒屋に落ち着いた。どの町でも見かけるチェーンの居酒屋で、大学時代に来たかどうかは覚えがない。だけど私の記憶が確かなら、長野の同じチェーンの店には二人で行っている。ミケが長野に転勤して、私が初めて遊びに行った時の夕飯を食べた店だ。

「案外、覚えてないもんだよね。忘れるはずがないと、その時は思っているもんなのに」

ミケの手の中には日本酒のお猪口《ちょこ》、私の手には梅酒が入ったロックのグラス。

お酒のセレクトも、二人して昔から変わらない。でもお互い昔は傍《かたわ》らに揚げ物をガッツリ積んでいたのに、今では二人とも塩だれキャベツやら刺身やらサッパリした物しか置いてなくて、ツマミが同じような変遷《へんせん》をたどっているんだなと、ここでも繋がっている感覚を覚えてしまった。

「人との記憶も、こんな風に薄れていってしまうもんなんですかねぇ……」

「どしたん、ミケラニ。何を気弱な」

「いや。長く会わなくなったら、長く訪れなかった場所の記憶みたいに、相手のことも忘れてしまうのかなぁ、と思ってしまいまして」

その発言に目を瞬《しばた》かせた私は、思わずミケの手元に並べられた徳利《とっくり》の数を数えた。

店員さんが下げていった分と合わせても、今ミケが手にしている徳利《とっくり》は四本目。酒豪で鳴らすミケがこの量で酔うとも思えない。

——もうそろそろ、ちゃんと訊《き》かないとダメか……。

なんとなく様子がおかしいとは……そりゃあ、登場した時からおかしかったけども……とにかく、おかしいとは、思っていた。時間が経つごとに何かに急《せ》き立てられていくかのように、憔悴《しょうすい》していくというか、何かを忘れようと空元気《から》に振る舞っているというか、……顔は笑っているくせに泣きそうにも見えるミケを、私はもう、放っておくことができない。ミケが訊《き》いてほしくなさそうだとは察していたし、それに甘えて私自身が逃げていたけれど。……それももう、タイムアップが近付いている。

チラリと腕時計に視線を落として、私は静かに切り出した。

「……ミケ、そろそろ出ないと、しなのの最終便に間に合わない」

その言葉で、ミケの顔からスッと表情が消えた。

名古屋発長野行きのしなのの最終便は、十九時四十分。現在時刻は十九時過ぎ。帰宅するならば、もう店を出ないと間に合わない。新幹線で東京を経由して帰ることもできるけど、そのルートを使うにしてももう時間に余裕がないことには変わりがない。

ミケは今日、平日だというのに仕事を休んだ。前入りを休みを取ってやったのか仕事を終えてから電車に飛び乗ってやったのかは分からないけれど、ミケの職場だって万年人手不足である以上、そう何日も有休を取ってこれるはずがない。

「今日は、帰らないの？」

こう訊いたらミケは、明日の予定を答えなければならない。それに紐付《ひもづ》けて、今日という休みをどうやって捻出《ねんしゅつ》したのかも答えなければならない。

平和に有休をもらって来たなら、それはそれでいい。だけど私はもう、ミケが意味もなくやってきたわけではないということをうっすらと悟ってしまっている。ミケはミケで、私がそこまで分かってしまったことを悟っているだろう。誰よりもミケ自身が分かっているはずだ。何でもなかったら、こんな風に私に迷惑をかけるような方法で、事前の予約もなく私の一日を独占するような振る舞いを、自分自身がするはずがないと。性格上、そんな真似を、絶対に自分ができないということを。

誤魔化《ごまか》すことはできないし、しない。それが私達の間にある、一種の信念。互いに互いを思いやる言葉しか言わないから、互いに互いの言葉を蔑《ないがし》ろにはしない。したく、ない。だから、ずっと問えなかった。言えなかった。言ってくれるのを、待っていた。私達は、誤魔化《ごまか》せないから。問いという踏み込みを放《はな》ったら、それが鋭い一閃《いっせん》にしかならないと、分かっているから。

「……帰りません」

ミケは、手にしていたお猪口《ちょこ》を、机に戻した。

手が震えていたのか、机に触れた時の音が、ブレて二重に聞こえた。

「……帰る必要が、なくなったんです」

「……仕事、辞めた？」

「いえ。辞めては、いないんですが……。……続けられなくなった、が、正しい、の、かな？」

「……病気とか、ケガとか？」

「はい、そんな感じ、です」

ミケの言葉に、私はグラスの中の梅酒をあおった。氷が溶けて、上層だけ少し薄まった梅酒は、通勤ラッシュが過ぎた後の電車の中の空気みたいに、少し間延びしていた。

「……宿は？」

「取ってないです。今朝も、実は、前入りしたわけじゃなくて」

「どういうこと？　今晩、どうするつもりだったの？」

コン、と。私が机に戻したグラスは、綺麗な音を立てた。

その音とともに私は、正面に座るミケを見据《みす》える。手元のお猪口《ちょこ》に視線を落としたミケは、私のことを見てはいなかった。

そんなミケの視線が、フワリと上がって真《ま》っ直《す》ぐ私に向けられる。

「全部、説明します。でも、ちょっとだけ、時間をくれませんか？」

中心から、こげ茶、灰色、緑と移る美しいグラデーション。

その瞳を正面から受け止めて、私はミケと相対する。

「全然、ケリが、つけられなくて。……説明しなきゃって、ずっと、分かってはいるんだけど。……そのために、オレは、来たんだけど……」

私も、ミケも、実は視線恐怖症で。

お互い、顔を見ているようで、案外視線はほんのりずらしていたりして。

……いつから、だったんだろう。お互い、視線がかち合っても怖くなくなったのって。

それでもこんな風に、真《ま》っ直《す》ぐ見つめあうのは、もしかしたら、初めてなのかもしれない。

「……分かった」

だから、その中にある覚悟と迷いが、分かる。

私は瞳を閉じて息を吐《つ》くと、傍《かたわ》らにあった注文用の端末を手に取った。飯物《めしもの》と揚げ物の注文を入れ、送信ボタンは押さずにミケに押し付ける。

「もっとガッツリご飯系も入れんしゃい。夜はまだまだこれから、なんでしょ？」

「……ワンッ！」

一瞬戸惑いを浮かべたミケは、私の言葉を受けて嬉しそうな笑みを浮かべる。

……だけどその中にもやっぱり涙の気配が見えるような気がして、私はもう氷と溶け出た水だけになった梅酒のグラスをもう一度あおってみせたのだった。

【-24】

居酒屋のメニューを全制覇する勢いで食べて、日付が変わる直前くらいに店を出た。その後の時間帯に開いているお店なんてもうカラオケくらいしかなくて、私達は何か特に決めたわけでもなく、そのまま隣にあったカラオケに入った。

二人で食べ歩くのは基本的に旅先かミケのところに遊びに行った時くらいだから、いつもは大人しくお宿に戻るけど、今日はそのお宿もない。正直に言えば私のアパートに帰る電車はギリギリあったけれど、私はその言葉をそっと呑《の》み込んだ。

こんな風に居酒屋からオールのカラオケをはしごするのは学生の時以来だった。実家通いの私は家が厳しくて、サークルの大きな打ち上げの時くらいしか外泊を許してもらえなかったし、ミケはミケで生活費が掛かっていたから、そういう時くらいしか早朝のバイトを休めなかった。居酒屋でも隣同士の席を確保して、周囲がベロンベロンに酔っぱらう中最後まで二人でほぼ素面と変わらないまま酒盛りをして、屍《しかばね》と化したメンバーを引きずってカラオケに行き、部屋をお宿代わりにする輩《やから》を傍目《はため》にミケと並んで朝までカラオケを歌い続けた。二人とも貴重だった時間を、一分一秒でも無駄にしないように、寝る間も惜しんで歌って、はしゃいだ。

あの頃と同じ曲を入れて歌い明かしながら、そんな昔を思った。あの頃よりかなり喉が弱くなっていて歌のデキは散々だったけれど、それでもミケはあの頃と変わらず楽しそうに歌い、手拍子を入れてくれた。

「いやー、楽しかったですね！」

……だけどミケは、フリータイムの入れ替え時間が近付いてカラオケを出ても、私に説明の言葉をくれなかった。

東の空に淡く日が昇《のぼ》る中、ミケは小さな子供のように足元に埋め込まれた照明の上を選んで跳《は》ねるように進む。私達の後ろには、うっすらとテレビ塔のシルエットが見えていた。

……ふと、前にもこんな光景を見たな、と思った。

あの、綺麗に桜が咲き誇った、暗くて重い春の日。新歓コンパのオールカラオケ明け。この場所で同じように跳《は》ねるように進むミケと、シルエットが見えたテレビ塔。

あの時のミケは、少し進んだ先で振り返って、唐突に写真を撮り始めた。一眼を持っていなかったミケのカメラはガラケーのカメラしかなくて。それでも真剣に構えるミケがしゃがみ込んだのは、通路のど真ん中で。

「ここでしたね」

ミケは、記憶の中にある場所と寸分違わぬ位置で足を止めた。

「オレが、人生で唯一、オザキの手を振り払った場所」

通行人の邪魔になるからどきなよ、と声をかけても、目の前の景色を切り取るのに夢中になったミケは聞いてくれなかった。随分早く出勤するサラリーマンの姿が思った以上に多くて、実際通ろうとしている人がいたから、私はミケの肩を押して『移動しなさい』と強く言った。

思えば長い付き合いだけど、あの時だけだった。『今真剣にやってるんだから邪魔しないでっ!!』と、伸ばした手を拒絶も露《あら》わに叩き落とされたのは。

「……あのね、オザキ」

見慣れたリュックサックを背負った背中が、クルリと私を振り返る。

あの時私に怒りを見せた彼女は、同じ場所で綺麗に笑っていた。深く、静かに、澄んだ笑みで。

「私、死んだっぽいんだよね」

今朝……日付的にはもう昨日になるけれど……、彼女が登場した時に聞いた言葉。少し改まった口調。……そう、彼女は昔から、緊張した時の一人称は、猫を被った『私』になる。

多分、それが、最初の違和感だったんだ。

「……ミケ、もう、……エイプリルフール自体が、終わってる」

スプリングコートのポケットに両手を突っ込んだまま、私は足を止めてミケに答えた。

そんな私に、ミケは綺麗な笑みをクシャッと歪める。

「だって、嘘じゃないから。……エイプリルフールは嘘もつけるけど、真実を言えない日じゃないよ」

……本音を言うと、エイプリルフールの嘘に混ぜて、これも嘘にしちゃいたかったな、と。ミケは、いつになく弱い声で呟いた。

「オザキ、砂状病って、知ってる……?」

一方の私は、紡《つむ》がれる言葉に答える言葉を持っていなかった。聞き入れるための沈黙ではなくて言葉を失くしただけの沈黙の中に、ミケは私と約束した通りに説明の言葉を置いていく。

「あれ、砂になるまで自覚症状はないって話だけど、本当でさ……。朝、仕事に行くためにいつも通りに起きたら、オレの体の周りに砂山ができてて、オレその中で目が覚めたんですよ。意味、分からなくて」

ミケはクシャッとした泣き笑いの顔のまま、自分の両手に視線を落とす。普段と変わらない姿で、普段と同じ温《ぬく》もりを宿す手に。

「でも、自分にとってこれは異常事態だってことだけは分かったんで、慌てて調べたんですよ。砂状病だろうって、なんとなく、調べる前から分かってはいたんですけどね。こんな風になるの、砂状病しか心当たりなかったし」

そう、あまりにも、普段と変わらない姿。『死んだっぽいんだよね』という言葉が悪い冗談にしか思えないくらいに。

だって、私は、ミケの体に触れた。ミケの体には低めではあるけれどいつも通りの熱が宿っていた。物に触れて、食べたり飲んだり。周囲の人間の目にもしっかり、ミケの姿は映っていて。

「オザキ、知ってますか？　砂状病にまつわる都市伝説。……オレ、調べて初めて知ったんですけどね？」

幽霊とか、信じていないけど。あまりにも今のミケの姿は、『幽霊』と呼ぶにははっきりしすぎている。だから私の理性は、ミケの言葉を受け付けない。

でも、本能の方は、分かっていた。ピースがカチリ、カチリとはまっていく感触が全身を震わせる。

――……だって、大前提として、ミケは。

「砂状病で死んだ人間って、砂になって崩れた後、二十四時間だけ、生前と同じ姿で、好きな場所で行動することができるそうですよ？」

――……ミケは、私にだけは、嘘をつかないから。

『オレの人生で、オザキ以上に濃密な時間を過ごした人は、他にいませんでしたね』

『まぁ、オレの「一番」がオザキだってことはもはや不動だし、オザキの中でのオレも「一番」であってほしいとは、ずっとこの先も思い続けますけどね』

人生を終えてしまった立場から紡《つむ》がれる言葉。終わってしまったからこそ断言できる言葉。終わってしまったものに未練がある切なげな笑み。残していくことが決定してしまったからこそ向けられる、深く、静かに、澄んだ瞳。

……全部、全部。私の中で違和感として積み上げられていたものが、パチリ、パチリとはまり込む。

バラけたパズルが描き出した絵は。

間違いなく、ミケの『死』だった。

「オレ、それを知って、すぐに出かける準備して……もう、部屋には戻らない覚悟で、……オザキのところに行きたいって、心の底から願ったんです。そしたら」

ミケの声が震えた。

ミケの姿が震えているように見えるのは、もしかしたら、私の方が震えているせいなのかもしれない。

そんなミケが、それでも嬉しそうだと分かる顔で、笑う。

「そしたら、オレ、オザキのアパートの前に、いました」

休みを取って来たわけじゃない。前入りをしていたわけでもない。一々私のシフトまでミケには教えていないから、私が休みかどうかなんて分からない一発勝負。

……それが、ドンピシャで私の貴重な連休の初日に当たるなんて。

そんなところでまで、息が合うなんて。

……最期の最後に、距離も時間もすっ飛ばして、会いに来て、くれるなんて。

「ほんとは、もっと早く、説明するつもりだったんです。でも……っ、でも、楽しくて、言葉が……全然っ、出てきてくれなくて……っ!!」

最期の最後、命が終わった後の時間で、ミケは私に会いに来たのだと言った。

ひっそり好意を寄せていた相手のところでもなく。仲が良かった妹のところでもなく。孝行したかった両親のところでもなく。

「これで終わっちゃうなんてっ……、もう『オレ』が終わっちゃってるなんて、オレが一番信じたくなくて……っ!!」

誰のところでもなく、ミケは最期の二十四時間を、まるっと私のところで過ごしたいと、願ってくれた。

なんて、贅沢。いつも通りに、今まで通りにその二十四時間を占有できた私は、なんて贅沢だったんだろう。

その贅沢に報いるために私は、ミケの言葉を受け入れなくては。最期の二十四時間をもらった私には……最期の瞬間を共にする唯一の人物である私には、その責務があるはずだ。

だけど。……だけど。それでも。

「オザキを置いて、逝っちゃうなんて……っオレ自身が、一番信じたくない……っ‼」

「……そう、だよ」

真《ま》っ白《しろ》になった頭と口で、私は必死に発するべき言葉を探す。見つけ出して、すがる。

「ミケがいなくなっちゃったら……誰が、私と、日の当たる縁側で、一緒にお茶を飲んでくれるの？」

声がかすれるのはきっと、徹夜で歌い明かしたせいだ。喉が締まって息苦しいのも。

だって、涙は出ていない。むしろ、乾いてしんどいくらい。

だから、私は、泣いてなんか、いない。絶望だって、していない。

「誰が私と一緒に昔を懐かしんでくれるの？　誰が私と一緒にグダグダしてくれる

の？　……誰が」

それなのに、私を見たミケがハッと顔色を変えた。涙でグチャグチャになっていたミケの顔に、スッと穏やかな笑みが広がっていく。

「他の誰もいらない。代わりなんて、いらない。ミケじゃなきゃイヤだ。同じことができても、ミケじゃなきゃ……っ‼」

フワリと、朝日が舞い上げる風に、桜花がひとひら迷い込んだのが見えた。

それを最後に、私の視界が何かにふさがれる。体に回った腕は私と同じくらい細いのに、私よりも何倍も強い力で私の体を抱きしめた。

「……オレ、職場の緊急連絡先、妹にしてあるんですよね。実家は遠くて、いざという時に駆け付けられないから」

私の耳元で、穏やかな声が、言葉を紡《つむ》ぐ。

「妹、昨日は一日、実験の関係で研究室を出られなくて、でも多分、オレが無断欠勤かましちゃったんで、オレの職場から妹のスマホに、電話がかかったと思うんですよね。……多分、徹夜明けに研究室から直行で、あいつ、オレの部屋に来ると思うんです。あいつ、合鍵持ってるんで、きっとオレの部屋に入るでしょう」

あの暗くて重い春から変わらない、穏やかで心地よい声で。私を人生のどん底から掬《すく》い上げてくれた声で。

「そこでようやく、『オレ』の死が、確立するんです」

彼女は、私に、お別れを告げた。

「……部屋に置いてある一眼の道具をひとまとめにした鞄があります。それに『オザキ宛』ってメモだけ貼って、部屋を出ました」

ギュッと一際《ひときわ》力を込めて、彼女は私を抱きしめて。

「どうか『オレ』を、よろしくお願いします」

そのまま彼女は、砕け散った。

「オレは、オザキという、心の中に住む、もう一人の『オレ』に出会えて」

私の視界をふさいでいた彼女が、急に色を失って砕けた。呆然と目を見開いたまま立ち尽くす私の前で、少しだけ位置を調整した彼女が、こげ茶と灰色と緑の美しいグラデーションで笑ってみせる。

「本当に本当に、幸せでした」

そのグラデーションさえも、色を失った。

フワリと、私を抱きしめたままの衣服が、私の体の表面を滑りながら落ちていく。

リュックサックは、まるで狙いすましたかのように私の腕の中に落ちてきた。いつもずっしりと重かったリュックサックは、持っている実感がわかないくらい軽かった。

色を失って砕けた彼女だったものは、朝日に舞い上がる桜の花びらに溶けるように消えていった。後には、何も残らない。彼女が纏《まと》っていた物は残ったのに、彼女自身は、何一つ。

「…………」

私はリュックサックを抱えたまま、ノロノロとその場にしゃがみ込んだ。よくある『胸に穴が開いたような』という感覚はなかった。膝から崩れ落ちるというのも。ドラマの中みたいな劇的な反応なんて、何一つできなかった。

真《ま》っ白《しろ》に、堅く、固まってしまったような。昔、学校の美術室で見た……そう、石膏《せっこう》像。自分があれになってしまったのかと思うくらいに、心も、体も、動かない。

朝日が完全に昇《のぼ》って、本格的に通勤時間になって。それでもその場から動かない私を、何人もが不審そうに眺めて。何人かは邪魔そうに避けて。

その時になってようやく、私のスマホが鳴った。

私のスマホが『鳴る』のは、ミケからの着信がある時だけ。鳴ると毎回飛び上がるくらいビックリするから、気付きたい人の着信でしか、私のスマホは音を立てない。

ノロノロと自分の鞄からスマホを取り出すと、画面には『ミケ』という文字。それになんの感慨を抱くこともなく、私は通話許可のボタンに指を滑らせた。

その途端画面の向こうから響いた声は、知っているけれど近しくはない相手の声で。

『オザキさん……っ!! 真美ちゃんが……っ!! お姉ちゃんが……っ!!』

「……うん」

『会社の人から、昨日出勤してないって、それで、合鍵で部屋に入ったら……っ!!』

……よく似たトーンの声。よく似た抑揚《よくよう》。

相手は、気が動転しているのか、名乗ることもなかったし、通話相手がちゃんと私であるかも確認してこなかった。まだ早朝と呼べる時間に電話をしてきたことを、詫《わ》びる言葉もなかった。

それでも私が、落ち着いて電話をしていられたのはきっと、さっきまで、ここに彼女がいてくれたからで。

――自分が『終わった』ことは、やっぱり周囲にきちんと受け取ってもらいたいですからね。

……あぁ、だから彼女は、私のところに来たんだ。最期を共にしたかった気持ちもあったんだろうけれど。逆の立場だったら、自分が一番受け止められないと、分かっていたんだ。一番『終わった』と分かってほしい人が、一番分かってくれないから。それが分かったから、わざわざ直接、お別れを言いに来てくれたんだ。

身内よりも話し方がそっくりになってしまった、私のところに。

「……なっちゃん」

『ミケ』という表示が出る電話からかけてきたということは、ミケはリュックサックを背負って来たくせにスマホを部屋に置いてきたのだろう。……身内には、残されたスマホと大量の砂で『終わった』ことを受け止めてもらえると思ったから。そしてあのスマホのロックを開けられるのは、当人以外には私と、彼女の妹であるなっちゃんしかいない。

だから私は、その名前を呼んだ。

「ミケね、……死んだっぽいんだってさ」

――あの子、最期の最後だったのに、『カメラ』として使える物、何も持ってこなかったんだな。

スピーカーの向こうから悲痛な絶叫が響く中、私は乾いた瞳で目の前の景色だけを見つめていた。

フワリと風に舞う桜はあの春と同じ色を宿していたけれど、あの色をもう二度と見ることはないんだなと、……そんなことを、心のどこかで思っていた。

【……】

それからの季節をどう過ごしたのか、私はよく覚えていない。あの場所からどうやって帰ったのかも、記憶になかった。だけど、会社をクビになることもなく、桜が若葉になって、しっかりとした緑になって、さらにそれを過ぎて赤く色づいても息をしていたということは、私はきっと、思ったよりもしっかり生きていたのだろう。

……大学を卒業してから、ミケと会うのは頻繁でもワンシーズンに一回くらいで、間が空けば半年以上会えないこともあった。だから私は心のどこかで、それと変わらない日常を、生きていたのかもしれない。

そんな私のところに知らない番号から電話がかかってきたのは、そろそろ赤い葉っぱが落ち始めるかと思われ始めた、秋の深まる頃だった。

『両親が、姉の部屋を片付ける覚悟を、やっと固めたそうです』

丁寧に名乗って、通話相手が私であることを確かめて、今お電話大丈夫ですか、と断ったなっちゃんは、まだ少しだけ揺れる声で、それでもしっかりとそう言った。

『見に、来てくれませんか。全てが片付けられてしまう前に』

その言葉にちゃんと答えられたかどうかも、記憶していない。

だけど私はその日の仕事を放り出し、職場に碌な説明をすることもなく、長野《ながの》に向かうしなのに飛び乗っていた。

＊＊＊

ミケが住んでいた部屋は、ミケが勤めていた会社が法人契約していた、いわゆる借り上げ社宅というやつだった。

本当は退職とともに部屋を明け渡さないといけないらしいのだが、特殊な最期を迎えたために警察の捜査が入り、現場保存という観点から今まで退去を迫《せま》られることはなかったという。……多分、娘の死を受け入れられないであろう両親を思って、無理に退去を迫《せま》らなかったという優しさも、そこにはあったんだと思う。

「警察の捜査は、随分前に終わっていたんです。後は、私達の心が、受け入れられる時を、待っていただけで」

懐かしい扉に合鍵を差し込みながら、なっちゃんはささやくようにそう言った。

ミケを頼ってアパートの割と近くにある大学院に進学したなっちゃんは、ここから近い場所にアパートを別に借りている。なっちゃんが長野に進学すると聞いた時、私は『いっそ一緒に住めば？』とミケをそそのかしたのだが、ミケは『いつ転勤がかかるか分かりませんし、そもそも社宅だから無理ですよ』と頑《かたく》なに言い張っていた。

私の記憶にあるよりも少しやつれたなっちゃんは、手慣れた動作で鍵を開ける。

「両親は、静岡《しずおか》からなかなかこまめには来れないので、私が時々来て手入れしてます。……空気の入れ替えと、観葉植物の水やりと、ホコリが溜まらないように掃除だけ。あとは、ずっと、姉が住んでいた時のまま、触らずに置いてあります」

なっちゃんはドアに触れないまま身を引いた。何かあったら呼んでください、とだけ言い残して、なっちゃんはそのまま外廊下の階段を下りていく。

その後ろ姿を見送ってから、私はドアノブに手をかけた。何回か来ているアパートだけど、この扉はいつもミケが開けてくれていたから、このドアノブに触るのは、実は初めてだった。

ドアノブを下げて、手前に引く。小さな玄関には、山歩き用のゴッツい靴と、普段履《ば》き用のスニーカー、出張用のパンプスが無造作に転がっていた。

「……お邪魔します」

今にも部屋の主が出てきそうな、あまりにも私が知っているのと変わらない光景だった。

足の踏み場もない玄関に入って、靴を脱ぎながらドアを閉める。入ってすぐ右手側に台所。左のドアの中は浴室。正面の引き戸の半分はデンッと据《す》えられた洗濯機に占領されていて、全体的にゴチャッとしている。

洗面台がない代わりに台所のシンクの上に鏡が吊《つ》るされていて、置かれたコップには歯ブラシが立てられている。その隣に置かれた旅行セットの歯ブラシは、私が泊まりに来た時に使うための物。いつも持参で遊びに来ていたら、何回目かの時に『いつも持ってくるのめんどいでしょ？　置いてきなよ』とミケが預かってくれるようになった。ミケがこの部屋に引っ越してくるよりも前に預けてあった物だ。

洗濯機と冷蔵庫に挟まれた先にある引き戸の向こうは、そこそこに広さがあるリビングで、ロフトベッドがデーンッと置かれている。下はクローゼットと書棚とデスクの機能が付いているけれど、デスクは溢《あふ》れ返った書類と本で埋もれていた。適当に掛けられた服と詰め込まれた本で占拠された空間は、元々人一人分が寝られるスペースがあるとは思えないくらい、もっさり物であふれている。

肝心の布団が置かれていたロフト部分は捜査が入念に入ったのか、敷布団も掛け布団もなくなっていて、そこだけ記憶と違って殺風景だった。枕元に詰まれていたたくさんのクッションやぬいぐるみもなくなっていて、そういえばミケは頭をあのもっふもふの山に突っ込んで寝るのが好きだったよなと、少しだけ思った。

ベランダに続く窓には安物のうっすいカーテン。引きっぱなしにされているカーテンの向こうから差し込む光は柔らかくて、部屋の中はほんのりと明るい。カーテンの手前には天井から下げられた物干し竿。ハンガー達が掛けっぱなしにされた物干し竿は、ついさっきまで使われていたような気配を纏《まと》っていた。

そんな部屋の真ん中に立って、窓際の床に行儀よく並んだ観葉植物達を見つめた。知らない鉢が、多分二つ、増えていた。

「……ミケ?」

そっと、ささやく。そうすればすぐに後ろから、あの柔らかな声で『なぁに?』って返事がきそうな気がしたから。

「……──」

目を閉じて、耳を澄ます。

彼女の気配が色濃く残る場所で、彼女の声が聞こえるのを待つ。

『騙されてました? オザキ。やっだなぁ～、オレがそう簡単にくたばるはずがないじゃないですかー!』

──約束したでしょー? 還暦過ぎても独《ひと》り身だったら、一緒に縁側のある家に住んで、一緒にお茶を飲みましょうって。

「――……」

……記憶の中にある鮮やかな声は、やっぱり肉声で聞こえることは、なくて。

私は静かに目を開くと、乱雑にファイルが突っ込まれた本棚の傍《かたわ》らにしゃがみ込んだ。そこに、彼女が私に託《たく》していった物があると、知っていたから。

黒い、いかにもな箱型のケース。傍《かたわ》らにはご丁寧に解説書。上に置かれたメモには、彼女の字で私の名前が書かれている。バリッとマジックテープを剥《は》がしてケースを開くと、見慣れてしまったゴッツい一眼カメラが丁寧に入れられていた。そっと両手で持ち上げると、くたびれたストラップがスルスルと垂《た》れていく。

私はそのカメラを抱えて立ち上がると、レンズにはめられていたカバーを外して電源ボタンを押した。しぼりやシャッタースピードのいじり方は分からなかったから、彼女がやっていたように、見よう見まねでカメラを構える。

シャッターのボタンに指を乗せて、そっと静かに力を込める。ピッ、カシュッ、と小気味のいい音。部屋に微かに響いたシャッター音の余韻が消えてから、一眼を顔の前から下ろして、小さな液晶で切り取った景色を確かめる。

「……あー……」

小さなフレームに切り取られた目の前の風景。カメラは、目の前にある景色を、そのまま切り取ってくれる道具だ。

だけど、見た瞬間に、違うと思った。あの子がこのカメラのボタンを押せば、いつだって見たままの世界がそこに写っていた。だけど今は、ちっとも私が見たままの景色じゃない。何を撮りたかったのかも分からなければ、何を伝えたかったのかも分からない。

この部屋に差し込む光の柔らかさも。停滞した空気特有の熱も。……彼女が生きていた時と変わらない部屋に漂う、ぽっかりと虚《うつ》ろなこの空気も。

私が切り出した景色には、全部全部、入っていなかった。

『どうか「オレ」を、よろしくお願いします』

――……あぁ、もう、あの子は。……私の心に住んでいた、もう一人の『私』は。

一眼の液晶を見つめていた私の心に、ようやく、あの言葉が落ちてきた。

――もう、世界のどこにも、いないんだ。

パタパタパタと、液晶の画面に雫が落ちた。視界が歪《ゆが》んで、景色が何一つ見えなくなる。

ガクリと膝から力が抜けてスネをぶつけるように床にくずおれたけど、痛みを感じる余白なんて心のどこにもない。彼女が残していった一眼を胸に抱え込むようにして、私は床に突《つ》っ伏《ぷ》していた。

「うっ、ぁ……あぁぁ、つうわぁぁぁぁぁぁあああああっ‼」

柔らかな日差しで温められた空気。気だるげにすべてが止まってしまった部屋。ぽっかり欠けてしまった小さな世界。

……私の中で、ようやく、ミケの『死』が成立する。

彼女が消えてしまってから一度も泣かなかった私は。ミケの死を一切拒絶していた私は。

もうミケが帰ってこない部屋で、声も涙もかれるまで、ひたすら泣き続けた。

【……………】

「いやぁ、今年も力作が揃いましたなぁ」

誰もいないのに勝手に言葉を紡《つむ》いでしまうのは、歳を取ったせいなのだろうか。それとも、元々の性分だったのだろうか。

「はて、どちらだったかのぉ？」

老翁《ろうおう》は呟くと、曲がっていた腰をよいせっと伸ばして会場一杯に飾られた写真に視線を巡らせた。今年のコンテストは例年にも増して盛況で、主任選考員である老翁《ろうおう》にとっても楽しいコンテストになった。

「ふぉっ、ふぉっ……」

楽しくもあり、過酷でもあった日々を振り返り、老翁《ろうおう》は笑い声をこぼす。年々体力が落ちてきた。楽しいことに変わりはないが、来年も無事に務《つと》め上げることができるかのぉ？　という心配が一瞬だけ胸中をよぎる。

老翁《ろうおう》はその心配をうっかり口に出さないようにしっかり心の奥にしまい込むと、ゆったりとした足取りで歩きだす。明日から始まる入選作品展覧会の会場は、もはや開場を待つばかりと完璧な姿を見せていた。

その作品達を一つ一つ確かめるように進んでいた老翁《ろうおう》は、一番奥に飾られた写真の前で足を止める。心持ち姿勢を正してその写真に向き合った老翁《ろうおう》は、ただ静かに瞳を細めた。

今回自分が大賞とした作品は、決して大きい作品ではなく、一際《ひときわ》美しいというわけでもなかった。技術もまだまだ拙《つたな》いし、他の作品に比べれば画面の華やかさという点では見劣りするかもしれない。

名古屋栄のテレビ塔を撮った作品だった。春の明け方の時間に撮られたのだろう。ほんのり明るくなった空と、テレビ塔のシルエットと、桜がわずかに入り込んでいる。作品のタイトルは無題、撮影者の名前欄には短く『ミケ』と記《しる》されていた。

「……──」

添え書きは、この写真について、何も語らない。

だが老翁《ろうおう》は、この写真から深い悲しみと、惜別《せきべつ》の念を感じた。狂おしいほどの悲しみと、喪失感。それが、写真に込められた空気の中から伝わってくる。

「……ふぉっ、ふぉっ」

それほどの想いを、撮影者は何に向けていたのだろう。どうしたらその想いが、こんなにも写真の中にこもるのだろう。

一度そうやって意識を搦《から》め捕《と》られてしまったら、もう他の作品を選ぶことはできなくなっていた。長年主任選考員を務《つと》めてきた自分が、だ。

「明日の表彰式で、相見《あいまみ》えることはできるかのぉ？」

老翁《ろうおう》は静かに呟くと、飾られた写真に一礼してその場を離れた。ゆったり、ゆったりと建物の外へ向けて歩みを進める。

そんな老翁《ろうおう》の耳に、ピピッ、カシャッと、軽快なシャッター音が届いた。

ふと、興味を惹かれて振り返る。シャッター音の主は、老翁《ろうおう》が歩き去ったホールに立ってステンドグラスの写真を撮っているようだった。リュックサックを背負った女性は、設定をいじりながら同じアングルの写真を何枚か続けて撮っている。随分使い込んだ一眼を使っているらしく、彼女の首にかかったストラップは酷《ひど》くくたびれていた。だが彼女の手に納《おさ》まるカメラは大切に扱われてきたようで、古さは感じるもののとても綺麗な姿をしている。

一眼から目を離した女性は、手で一眼を包むように持って、今しがた撮った写真を確認しているようだった。操作をする右手と、慈しむように支える左手。そのどちらも、まるで大切な人に触れているかのように慈愛に満ちている。

「……はて」

呟いた瞬間、女性と視線が合った。距離があったが、相手も見られていたと気付いたのだろう。ビクリと肩が揺れ、一瞬躊躇《ためら》った後、遠慮がちに会釈される。

「こんにちは。どんな写真が撮れましたかな？」

直感に引かれるようにして、老翁《ろうおう》は女性の方へ歩き出した。女性の方はまさか話しかけられるとは思っていなかったのだろう。纏《まと》う気配に動揺が見え隠れしている。

「よろしかったら少し、お話をしませんか？」

そんな戸惑いには気付かない振りをして、老翁《ろうおう》は女性の傍《かたわ》らに立った。やはり手の中にあるのは古いが丁寧に使われ続けた一眼で、……老翁《ろうおう》が大賞を贈った写真も、同じ一眼で撮影されたものだった。

「貴女の写真を見ました。……あれは、亡くなられた方への、手向《たむ》けの一枚でしたかな？」

女性はビクリと体を震わせると、手にした一眼に縋《すが》るように手を這《は》わせた。

まるで、頼りになる友人が、そこにいるかのように。

「なぁに、そんなにお時間を頂こうとは思っておりません。……すこぉしばかり、老人とのおしゃべりに、付き合ってはもらえませんかな?」

女性はなおも困ったように一眼を撫でていたが、……ふと、誰かに何か助言をもらえたかのように、その手を止めて老翁《ろうおう》を見つめ返した。

「聞いて、もらえますか」

そっと両手で一眼を支えて、彼女は静かに呟いた。

「私の心の中に住んでいた人が、死んでしまった日のことを」

その言葉に老翁《ろうおう》は、静かに微笑むと頷いた。

ステンドグラスから降り注ぐ光は、いつかの日のように柔らかくて。

泣いてしまいたいほどに、無慈悲だった。

私と彼ら　～それはまるで、ワルツのような日々～

【-14】


「……ふぅ」

コードレス掃除機の電源を落とし、綺麗になった部屋を眺めて一息。我ながら綺麗……というよりも生活感がない部屋だと思う。ドラマの撮影用にセットされた部屋の方がよっぽど生活感があるものだ。

……もっとも、向こうは映らない部分はみんなハリボテなんだけどね。

私はコードレス掃除機を充電器に戻すと、ソファーに腰を下ろしてもう一度息を吐《つ》いた。掃除機をかける前に思い付きで流し始めたレコードがひかえめに空気を震わせている。有名なクラシックなんだけど……タイトルはなんだっただろう。何かの撮影のために買った物であることは確かなんだけども。

……さて、そろそろ私の自己紹介をしておこう。

私の名前は榊《さかき》。榊輝信《てるのぶ》。歳は丁度切りよく五十歳。俳優を仕事にしていたから、私の名前を知っている人もそこそこいることだろう。助演男優賞をもらったこともあるからね。世間様からは『主役の脇に置いておくとドラマ全体にいい味が出る』という定評があるらしい。ありがたいことだと思う。

さて、そんな私は昨晩、自宅マンションで砂になって崩れた。そりゃもう突然バサッ!!と。驚いたけど、すぐに自分がいわゆる砂状病を発症したのだと分かった。芸能界でも話題だからね、砂状病は。それくらいの情報は私の耳にも入っていたさ。

自分が生み出した砂山の中にたたずんだまま、私はひとしきりどうすべきかを考えた。タイミングがいいことに、ドラマの撮影は数日前に終えていたし、しばらくは仕事の予定もない。五十歳の誕生日を迎えた節目にマネージャーに勧められるがまま少し遅めの誕生日休暇を設定していたのだが、それがこんな形で役に立つとはさすがに思ってもいなかった。休暇明けの仕事の予定はチラホラと聞いていたが、今ならまだ先方に迷惑をかけることなく断ることもできるだろう。

というわけで、仕事は大丈夫だ。マネージャーと事務所にそれぞれ一報入れておけばいいだろう。

ではプライベートは、と考えてみたが、こちらも全く問題はなかった。両親はどちらも若い頃に見送ったし、悲しいことに仕事に夢中でこの歳になっても妻や子供はいない。

お付き合いしている人も、今はいない。……今は、というか、随分といない。仕事仲間や友人に最期の別れが必要かと一瞬悩んだけど、そんなことで連絡するのは何かが違うような気がした。

だって、考えてみてほしい。普通人が死んだらいきなり『○○が亡くなったので通夜と葬式の日取りが～』と電話が来るか、『先日○○が亡くなりまして～』とハガキが来るかで、本人から『私は死にましたので最期の挨拶を～』なんて連絡は絶対に来ない。そんな不自然極まりない挨拶は不要だろう。それに一々挨拶に回っていたら『誰それのところには挨拶があったのに私のところにはなかった』なんて揉め事の種になりかねない。この世を去ってまでマネージャーや事務所に迷惑をかけるのは得策ではないだろう。

ならば、どうすべきか。

そこまで考えた私は、ひとまずマネージャーと事務所に一報を入れることにした。電話で連絡するかメールにするかで迷って、礼を失するかとは思ったがメールという手段を選択した。理由としては、電話連絡だと混乱した相手に人生最期の時間を占拠されかねないと思ったこと。もうひとつとしては、視覚に頼らない連絡方法だと、混乱をきたすであろう相手にちゃんと伝わるかどうか分からないと考えたから。

……さて。

そこまでのことをひとまずやり終えた私は、残された時間で何をするべきかを考えた。

砂状病患者の都市伝説。『発症して体が崩れたのち、二十四時間だけ、生前と同じ姿で、己が望んだ場所で行動することができる』。これが事実なのであれば、私にはあと二十四時間ほど時間があるということだ。

……ふむ。こういう時、ドラマの脚本ならば、役は何を思うだろうか。

自然とそう考えてしまったのは、職業病のようなものだろう。脚本にある役柄の人格を想像して思いを馳《は》せる。これはもう、仕事を越えた私の『趣味』に近い思考なのかもしれない。

とりあえず、混乱はするだろう。やりたかったことや成し遂げたかったことを思って泣くかもしれない。家族や友人を思って取り乱しもするだろう。そんな思考を一通り経た後、彼らはそんな『思い』を遂げるために行動を開始するのだろうか。

……ふむ。『やりたかったこと』『成し遂げたかったこと』、ね。

言い換えれば、後悔、が一番近いのだろうか。

今度は思考を切り換えて、自分自身のことを思う。

後悔。私がこの残された二十四時間で果たしたい『後悔』とはなんだろうか、と、私は考えてみたわけだ。

……うん、思いつかない。

わけなのだが。悲しいかな……いや、むしろ『幸いかな』と言うべきか、私は特にこれといった後悔がないことに気付いてしまった。

やりたいことを、やりたいようにやって、好き勝手に生きてきた。やり残したという後悔もないし、過去の過《あやま》ちを悔やむこともない。『こうだったら良かったのにな』と思うことがないわけでもないが、それについてはもう随分前に自分の中で決着がついたことだから、『悔やむ』という感情にまで発展することはなかった。

……己の身にドラマのような劇的なことが起こっても、なかなか役のように私自身が劇的な存在になるということはないようだね。

結局私は昨日の晩、そこまでで思考を打ち切るといつものように風呂に入り、就寝の身支度《みじたく》をしていつも通りの時間にベッドに入った。長年の習慣とは恐ろしいもので、私はいつものようにストンッと眠りに落ち、今朝普段より少し早めに目が覚めた。

そこからいつものように身支度《みじたく》をし、朝食を食べ、昨日そのままにしてしまった砂を片付け、そのついでに部屋の掃除を行い、……今に至る。

つまりこの物語は、私の人生最期……いや、私はもう死んでしまっているわけだから『最期』はおかしい。最期＋αの『α』とでも言うべきか。……そんな私の、マイナスの余命二十四時間分の物語というわけだ。しばらくお付き合い願いたい。

「……やりたいこと、かぁ」

回想が現在に追いついた私は、今度は声に出して呟いてみた。

先程も言ったが、私に『後悔』はない。浮き沈みの激しい俳優という職業柄、いつ仕事がなくなるとも知れない環境にあった私はその都度『やりたい！』と思ったことは即実行するように心がけてきた。挑戦したいこと、試してみたいこと、謝りたいこと、とりあえず世間一般に後悔となり得そうな代物《しろもの》は全部、心に抱いた時点で実行・解消するように心がけてきたんだ。

両親が交通事故である日いきなり亡くなった姿を見ていたのも、関係あるのかもしれないね。いつ死ぬかも、いつ仕事がなくなるかも分からないと学ばせてもらっていたから、なるべくそうはならないように努力してきたつもりなんだよ、これでも。

だったら、と、私は思考を切り換えたわけだ。

……やりたいことは、本当に全部やりきっただろうか、と。

「……」

もう何度も言っているが、私の職業は『俳優』である。主演を任されたことはとんとなかったが、脇役はよくやらせてもらった。つまり、これでも世間の皆様に顔が知られていて、『榊輝信とはこういう人だ』という一定の概念を抱かれているということである。その固定概念とも言えるものを崩すのはあまりよろしくなくて、私はある程度その枠の中に納《おさ》まるように行動していた。体が資本な職業でもあるから、健康に気を遣って避けていたこともあった。

つまり、私自身がある程度『俳優・榊輝信』に縛られて生きてきたということだ。

「……なるほど、宜《よろ》しい」

私は小さく笑んで立ち上がると、リビングの隅で健気にレコードを回し続けるオーディオセットに歩み寄った。そっと伸ばした指先でプレイヤーを止め、代わりにポケットに入れたスマホを取り出す。

「私は今からただの榊輝信。俳優ではない、榊輝信だ」

スルリとスマホの表面を指で撫で上げ、着信通知もメッセージの受信通知も無視して動画再生アプリを立ち上げる。その中から選んだ動画は、先程までのクラシックとはかけ離れた騒々しい曲だった。ちなみに歌っているのは生身の人間ではない。機械がここまで美しく歌う日が来るようになるとは驚きだ。

私は突如変わったBGMに満足の笑みを浮かべると、着替えを行うべくオーディオセットの傍《そば》を離れたのだった。

【-19】


「ブッ、む……んっ！　ゲホッ!!　ゲホゴホッ!!」

甘い！　想像していたよりも数倍甘いっ!!

「ゲホッ、……ハァ………恐るべし、タピオカミルクティー」

私は手にした容器を目の高さに掲《かか》げ、いまだにゼェハァとうるさい呼吸を押して呟いた。その一言のせいでまた咳が込み上げてきて、ゲホゴホと派手に咳き込んでしまう。

死んでいても咳が出て、胸が苦しくなるなんて意外な発見だ。あぁ、ブラックコーヒーが飲みたいっ！

朝の決心から数時間後、私は若者が楽しそうに闊歩《かっぽ》する繁華街の中にいた。私くらいの年代の人間が昼も早い時間からフラフラしていても違和感がないように、いかにも『早期退職勧告間近のサラリーマンです』といった風体《ふうてい》のくたびれたスーツに着替えてきたのだが、この格好では逆に浮いてしまうくらいこの街は若者の活気で満ちている。格好そのものが浮きすぎていて、サングラスも帽子も被っていないのに私に気付く人間もいないようだ。以前『万年脇役だから、変装なんて必要ないだろう』と軽く考えて変装しないで出掛けたら、ものの数分で取り囲まれて、困り果ててマネージャーを呼び出すハメに陥《おちい》ったこともあるんだけれども。

そんな街の片隅で、私は最近若者の間で流行っている、と聞いていた飲み物にむせ込んでいた。興味はずっと前からあったのだが、『俳優・榊輝信』はどう考えてもこんなものに飛びつくような人間ではなかったから、今までご縁はとんとなかった。あと、カロリーが高くて甘い、ということも聞いていたから、年齢的にも健康的にも少々敬遠してたんだよね。

いやぁ、しかし絶対飲み切れないと踏んでSサイズにしたんだけども……Sサイズでも飲み切れるかどうかが危ういかもしれない。『甘い物は得意ではない』というのは俳優としてのイメージ作りの一環だと思ってきたんだけども、案外私の素だったみたいだね。

「うぅ……どうしようか、これ……」

私は呻《うめ》きながらも、なんとか容器を空にしようとチビチビと中身をする。……モチモチしたタピオカ本体まで結構甘い……うぇえ……

眉をしかめてモッチモッチとタピオカを咀嚼《そしゃく》しながら、私は味覚から気を逸《そ》らすために『次は何をしようか』ということを考え始めた。

……以前から気になっていたファストフード店には、先程遅めの昼食を取りに行ってきた。若干胸焼けしている気がするが、私の舌でも『案外美味《おい》しいじゃないか』と思うことができた。『ゲームセンターで遊び倒す』というのも、昼食を取る前に実行できた。若い頃からクレーンゲームに興味はあったんだけど、世間一般に言う『榊輝信』は昔から渋めの二枚目寄りの俳優だったから、とてもじゃないけどぬいぐるみが入っているクレーンゲームに夢中になるわけにはいかなかったんだよね。ようやく実際に遊ぶことができた証は、今私の背広の胸ポケットからぴょっこり顔を出すゆるキャラのぬいぐるみという姿を取っている。かなりの金額をかけてしまったから、随分と高価なぬいぐるみになってしまった。

お次は何をしようか。現在時刻は十四時過ぎ。タイムリミットまでは約五時間。まだまだやれることはたくさんありそうだ。

私は何気《なにげ》なく空を見上げた。ちっとも減らないタピオカミルクティーに辟易《へきえき》したから、というのもある。するとビルの壁面に掲《かか》げられた広告が目に入った。美しい絵画の横には有名な画家の名前と『コレクション展』という文字。

「……ほぅ」

思わず、呟いていた。

仕事に必要な知識として、ある程度有名な絵画のことは頭に入れている。そこそこ興味もある。だけど思えば美術館や博物館といった施設にはとんとご縁がなかった。人が集まる場所というのは、どうしてもプライベートでは行きづらかったから。

……これは、『後悔』に入るんじゃないかい？

私は広告の端に添えられた美術館の住所から頭の中に地図を呼び起こす。砂状病患者の『望んだ場所に願っただけで行ける』という特性は本当に便利……

おっと？

あることに気付いた私は、口の中にいたタピオカを飲み込みながら……そう、噛まずに飲み込んだ方が甘みを感じなくて済むと気付いたわけなんだが、それを言いたいわけではなく……広告の一番端に記載された『最寄駅』という言葉が目に入ったのだ。

最寄駅。その後ろに続いていた文字は、ここからそう遠くない駅名だった。

……そういえば、最後に電車に乗ったのは、いつのことだっただろうか。

先程も言ったが、私は日々、人目につかないように行動する必要があった。同じ理由であまり公共交通機関も使ったことがない。移動にはタクシーか、ロケバスか、マネージャーが運転する車を使っていた。

大体の場所と方向を表すのに駅というのは便利ではあったから、どこに何駅があるのかはなんとなく知っている。だけどそれは『地名』としての利用方法であって移動手段としての利用方法ではない。私にとって『電車』や『駅』というのはその程度の存在だった。……そんな認識のまま人生を終わらせてしまうのは、なんだかもったいないような気がしないかい？

「……乗ってみたいな！」

となれば即実行あるのみ。所持金はそこそこ多めに持ってきた。電車賃がいかほどの物かは知らないが、近場の駅まで乗るのに一万も二万もかかるはずがないだろう。金銭的な面は問題ないはずだ。

問題があるとすれば、ここの最寄駅から目的の駅までの行き方が分からないことだけれど……まぁ、そこは駅の改札で駅員さんに訊《き》いてみればいい。スマホで調べるというのも手だけど、これも人生最期の経験だからね。

先程も言ったけど、そうと決まれば即決行。私は瞼《まぶた》を閉じると、頭の中にここから一番近そうな駅を思い浮かべた。スルッと自分の周りの空気が変わる気配がして、瞼《まぶた》を開くと私は駅の改札から程よく離れた場所に立っている。いやぁ、ほんとにこの能力は便利だ！

『駅まで歩くのも人生最期の得難い経験になるんじゃないか？』って？　いやいや、だって駅に着くまでの間に迷子になってしまったら、貴重な最期の時間をロスしてしまうことになるじゃないか。そうなったらそうなったでそれもまたいい経験になるんだろうけれど、私としては『自力で電車に乗る』という経験をするということの方が優先度が高いんだ。

「……んん？」

……と、勇《いさ》んで自動券売機のところまで行ったはいいものの、結局どうしたらいいのか分からなくて、改札脇の小部屋にいた駅員さんのお世話になってしまった。……いやぁ、世間を知らないジジイで申し訳ない。

指まで持っていかれるんじゃないかという恐怖と戦いながら改札を抜けて、階段を使ってホームに出る。真ん中が島のようになっていて、両側をそれぞれ上りと下りの電車が行き違う造りになっている駅だった。タイミングよく電車が来るらしく、アナウンスとともに何かが迫《せま》ってくる風が私の髪を撫でる。

いやぁ、なんだかワクワクするね！　こんな小さなことにワクワクできるなんて、世界はまだまだ面白い。……おっと、車内で邪魔にならないように、少しでもこの強敵を減らしておかないと……

私はようやく半分まで減った凶器……もといタピオカミルクティーのストローを咥《くわ》えながら、何気《なにげ》なく電車がやってくる方向へ視線を向ける。

その時、ふと、視界に止まった人影があった。

……ん？

どうしてその女性……そう、その人影は二十代くらいの女性に見えたわけだけども……とにかく彼女が目に留《と》まったのか、理由はとっさに分からなかった。

就活戦線に疲れ果てた就活生のようなくたびれたスーツ姿。肩には大きな四角い鞄。こちらも随分使い込まれてくたびれている。服装と同じくらい、当人も疲れ果てているようだった。化粧っ気のない顔も、肩口に届かないくらいで切り揃えられた髪も、随分と生気に欠けている。

だけど、私の目が引き留《と》められた理由は、そのどれでもなくて……

「……っ!!」

次の瞬間、私は手の中にあったタピオカミルクティーを投げ捨てて走り出していた。

フラリ、と傾《かし》ぐ体。落ちる先には冷たい線路。その向こうには風圧を纏《まと》って迫《せま》ってくる電車。

そう、私の目に彼女の姿が留《と》まったのは。

彼女の全身から、絶望が噴き出していたからだった。

走り込みながら腕を伸ばす。目の前を通過する電車。日常ではなかなか体感しない風圧が私の体を叩く。

「…っだ」

ゴッ‼　ともボッ‼　とも聞こえた音は、音というよりも衝撃となって突き抜けていった。私の肌の数センチ先を鉄の塊が駆け抜けていく。

その圧が弱まって、キュゥン……シュシュシュ……と存外可愛らしいモーター音が聞こえた。最後にガッチャンッ‼　とブレーキか何かが作動する音が響き、明るいメロディーとともに扉が開く。

「大丈夫、ですか？」

それだけの時間が過ぎてから、ようやく私は腕に抱き留《と》めた女性に向かって口を開くことができた。今更になって心臓がバクバク言っているのが分かる。砂状病で死んでいるのに、心臓ってこんなに動くものなんだね……

「どこか、お怪我は……」

線路に飛び込もうとしていた女性に駆け寄り、腰を引き上げるようにして抱き寄せ、腕の中に閉じ込めて線路際《ぎわ》から遠ざける。五十歳でこれだけのパフォーマンスができたのは、体型と健康を維持するために定期的にジムに通っていたお陰だろう。いやはや……人命救助の役に立つとは、俳優という仕事もなかなか捨てたものじゃない。

そんなことを思っていたから、女性の反応に対処が遅れた。

パンッという衝撃。痛みは後からジワリと来た。予想していなかった衝撃で一瞬体が揺れて、慌てて足腰に力を入れ直す。

叩かれて、いた。まるで撮影中であったかのように、左頬に張り手を一発。こちらに気構えがなかったせいか、女性の腕が良かったのか……撮影で何度か平手を喰《く》らうシーンもあったけど、私生活の中で初めて喰《く》らった張り手はそのどれよりもうんと痛かった。

「なんで助けたのよっ⁉」

次いで溢《あふ》れる、滂沱《ぼうだ》の涙。

「死にたかったのにっ‼　死にたかったのに死にたかったのに死にたかったのに死にたかったのに……っ‼」

激情に突き動かされるがまま、女性は絶叫しながら私の胸を両の拳で叩く。なかなかに痛い。息が詰まる。

「どうして死なせてくれなかったのよぉっ‼」

そんな絶叫を聞きながら、私は思わずホッと息を吐《つ》いてしまった。

……これだけ叫べれば、まずは大丈夫かな？

私の腕の中で泣き叫ぶ彼女からは絶望が噴き出し続けているけれど、線路にそのまま吸い込まれていきそうな儚《はかな》さは、とりあえず消えていた。

【-20】

静かなジャズが流れる店だった。よく聞く曲のような気がするんだけども……朝思い付きで流していたクラシックと同じで、やっぱり曲名は思い出せない。

もうそろそろお茶の時間も近いというのに、店の中はそこそこの客入りでかき入れ時の姦《かしま》しさには程遠かった。駅には近いけれど、駅裏の細路地に店を構えているのが閑古《かんこ》鳥《どり》が巣食う原因なのだろうか。雰囲気が良い店なのに、常連だけが通ってくる隠れたお店といった風情《ふぜい》だ。

「あ、あの……」

適当に頼んだコーヒーも、満足できる美味《おい》しさだった。タピオカミルクティーの甘みにやられていた舌も胃腸も、ブラックコーヒーの苦みを喜んでいるのが分かる。

「先程は……申し訳ありませんでした……」

女性が蚊の鳴くような声でそう呟いたのは、私がコーヒーのお代わりを頼んだ直後のことだった。鼻も目元も真っ赤にして、ついでに頬も赤く染めた女性は、泣き叫び続けてかすれた声で囁《ささや》いた。チラリと私を見上げる目には、言葉以上の羞恥《しゅうち》や申し訳なさが見える。

「命を助けていただいたのに、……あんな、失礼な態度……」

「いいえ、余計なことをした自覚はありますから」

私はそんな女性にそっと答えるとお代わりのコーヒーを一口飲み下《くだ》す。うん、お代わりも実に美味《おい》しい。

「で、でも……」

「自殺に至るなんて、相当な覚悟だったのでしょう。私はその覚悟の邪魔をしてしまった。私やあなたの行動の善悪はともかくとして、ね」

私の言葉に口をつぐんだ女性は、そのままうつむいてしまった。

飛び込み自殺を私に阻《はば》まれた女性は、そのままホームで私のことを罵《のの》りたいだけ罵《のの》った。拳で私の胸板を殴りたいだけ殴った。

人は、自分の胸にしまっておける以上の感情を抱えると、得てして爆発してしまうものだ。そして中身が減れば自《おの》ずと口を閉ざす。裏を返せば、許容量に下がるまでは何をしても止まらない。

彼女もまた、そうだった。内に抱えていた何かを私に向かって吐き出したいだけ吐き出した彼女は、言葉も叫ぶ力も拳を握る力もやがて失って私の腕の中でただ泣くだけになった。

そんな彼女の背中を優しく叩いてあげながら、私はここまで彼女を連れてきた。途中で周囲がザワついてこちらに視線を送っていることに気付いたから、煩《わずら》わしい視線を撒《ま》くために砂状病患者特有の力を使って駅裏まで飛んだのだが、どうやら彼女はそのことにも気付いていないようだった。いやはや……。なんとなく『連れて飛べるだろう』という感覚はあったけれど、本当に飛べて良かった。彼女一人をあの場に残していくわけにはいかなかったからね。

「……もう、死ぬしかないって、思ったんです。そのことしか、考えられなくて……」

私が積極的に事情を訊《き》かないせいだろう。

彼女はポツリと、目の前に置かれたコーヒーカップの中に零《こぼ》すかのように言葉を口にした。

「作品を……先生に、盗まれていて……」

「作品？」

「ドラマの、脚本」

ポツリ、ポツリと、真っ暗《くら》な空から雨粒が落ちるかのように言葉を零《こぼ》し始めた彼女は、ゆっくりと視線を上げた。彼女の涙が限界を迎えた空から落ちる雨粒ならば、彼女の顔は真っ暗に曇《くも》った空そのものだった。

絶望に芯まで浸かった者の顔だと、私は思う。

「私……脚本家志望の、アシスタントで……」

「ほう」

「現役で脚本家をしている先生のアシスタント……秘書、みたいな仕事をしながら、脚本作りの勉強や、コネクション作りを、しているんですけど……」

「うん」

「私が、先日書き上げた作品が……先生の新作として、とある局のドラマ脚本として、採用されて……私、わ、たっし、そのことぉ、今朝になって、知って……っ!!」

バタバタと、また雫が零《こぼ》れた。真っ赤に充血した目から涙は幾筋《いくすじ》も幾筋《いくすじ》も溢《あふ》れて落ちていく。彼女は袖《そで》でその涙を必死に拭《ぬぐ》うが、その手が涙の量に追いついていない。

「ずっと……っ!!　ずっと、先生には『お前の作品はダメだ』ってぇ……っく！　言われ続けてきてぇ……っ!!　グスッ!!　う……っ、ずっと、ダメでぇ……っ!!」

「うん」

「なのに……っ!!　なのにぃ……っ!!　調べてみたら……っ、あたしが試作したの……っ、みんなっ、あいつに、パクられててぇっ!!　あたしを通さずに、企画っ、ぇっ、進めた話、ばっかでぇっ‼」

「うん」

「あたしのっ……あたしの作品なのに……っ‼　あたしがっ、書いた、のに……っ‼」

「うん」

「誰もっ！　誰も、信じてくれなくてぇ……っ‼」

「うん」

「っ、えっ、……っ、〜〜〜〜〜っ‼」

ついに彼女は涙を拭《ぬぐ》うことを諦め、両手に顔をうずめて慟哭《どうこく》を上げ始めた。静かな店内に彼女が泣き叫ぶ声が響く。

それでも、誰も彼女を迷惑そうな顔で振り返ったりしない。

……本当に、良い店だ。実は私は、こういう店を見つけるのが上手なんだ。自分も昔、目の前の彼女みたいに、不意に泣きたい衝動に駆られることがあったから。

「……そう」

私は静かに呟いた。そうとしか、言えなかった。

どうしてあの場で彼女を助けたのか、分かったような気がした。それは勿論《もちろん》、目の前であんなことが起きたら助けるのは、当然と言えば当然なんだろうけども。

「……分かるなぁ、その気持ち」

彼女の絶望を、私も知っていたからなんだ。

努力して、足掻《あが》いて。でもそれを認めてもらえなくて、あまつさえデキが良ければ他人名義に書き換えられて、なけなしの成功までをも奪い取られる。

……若い頃から、私のところに回ってくるのは助演の話ばかりで。主演の座が回って来たことは、思えば一度もなかった。

私が今生《こんじょう》で唯一、ほのかに『こうだったら良かったのになぁ』と思ってしまうこと。そんな時代の自分を記憶から引き抜いて、表面を書き換えたかのような存在。それが彼女なのだとあの一瞬で分かってしまったから、きっと私は彼女を助けずにはいられなかったのだろう。

「……っ!!　分かるとかっ!!　簡単に言わないでっ!!」

だが彼女はそんな私の生い立ちは知らない。

叩き付けられたのはヒステリックな絶叫だった。

「何が……っ!!　何が分かるって……っ!!　わ、私はっ!!　私は……っ!!　私がっ!!」

「……分かるんだよ。その絶望も、怒りも、慟哭《どうこく》も。その感情をいくら言葉に出してみても、胸につかえるそれのイチミリも形にはならなくて、もどかしくて息苦しくて、いっそ首を吊《つ》ってしまった方が楽になれるんじゃないかと思ってしまう感覚も」

ヒューッ、ヒューッ、と、苦しげな呼吸音が彼女からは聞こえる。ただ静かに泣いているよりもヒステリックにでも声を上げていた方がまだいいとは思うけど、このまま彼女に声を上げさせ続けたら過呼吸を起こさせてしまうかもしれない。ただでさえ今でも息苦しいだろうに、これ以上呼吸の自由を奪うのは良くないだろう。

だから私は、彼女に知ってもらうことにした。

どうしても『主役』になれなかった、とある俳優のつまらない話を。

「あなたが感じた直接的な悔しさは、確かに分からないかもしれない。なぜなら私はその感情を直接体験してないから。だけどね、根本的な感情は、私にも分かるんだ。……私も、体験したことがある感情だからね」

どうやら私の言葉は彼女の心に触れることができたらしい。鬼のような形相がほんの少しだけ緩《ゆる》んで、その緩《ゆる》みの中から疑問がにじみ出ている。

「私はね、俳優だったんですよ」

そのことを……私の言葉がしっかり彼女に届く状態であることを確かめてから、私はそっと『私』を語り始めた。

「昔から映画が好きでね。見ているだけでは飽き足らず、演じる側になりたくて。十代の頃にオーディションに応募して、運良く事務所に拾われたのさ」

父は普通に勤め人で、母は実家の家業を手伝っていた。芸能界に縁故《えんこ》はなく、子役としてのキャリアもない。多少見目は良かったかもしれないが、芸能界にはその程度の人間なんてそれこそ掃《は》いて捨てるほどいる。

だから、努力だけは人一倍した。芝居を学び、色んなところへ人脈を伸ばし、撮影の雑用を手伝いながら名前がない役、いわゆる『モブ』と呼ばれる役から演じ始めた。初めて出演した作品なんて私は画面の端にチラリと映っている程度で、雑用係かモブか、それさえもよく分からない有り様《さま》だった。

「それでも私は、まだ芽が出た方だったのだと思う。ガムシャラに突き進んで、数年後にはなんとか名前がある役を任せてもらえるようになった。と言ってももちろん、エンドロールの後ろから数えた方が早いくらいの端役《はやく》だったけどね」

それでも、楽しかった。

演じること。自分ではない『誰か』になり切ること。

演じている瞬間も、台本を読んでいる瞬間も、役の気持ちを考えている瞬間だって。

その全てが楽しくて、幸福だった。

「でも、いつまでもその程度じゃ満足できなかった。……ヒトというのは、良くも悪くも慣れる生き物だ。そして慣れると、良くも悪くも周りが見えてくる」

同年代ですでに主演として常にスポットライトを浴びている人間がいた。同期で事務所に入った人間はCMに起用されていたり、バラエティーに居場所を見出《みいだ》したり。みんな私みたいに幸せを噛み締めているようなことはなかった。彼らの目はもっとギラついていて、彼らはもっと貪欲に前を見ていた。

そのことにジリッと、胸がわずかに焦げた。

「それが『焦り』や『羨望』や、……いわゆる『嫉妬』と呼ばれる感情なのだと理解したのは、ずいぶん経ってからだったと思うよ」

それが嫉妬なのだと認めたくない、というよりも、嫉妬なのだと理解できない、というのが正しい状態だったのだと思う。

未知の感情だったから。だって自分はその時満ち足りていて、確かに幸せだと思っていたのだから。

ただほんの少しだけ、彼らを眩《まぶ》しく感じていただけで。

それがあんなにどす黒い感情に繋がるなんて、知る由《よし》もなかった。

「私は現状に満足しないで貪欲になることを知ったんだ。だけど、だからといって自分の周囲がそんな私の感情の変化に合わせて役をくれるとか、そんなに都合のいい話があるわけもない」

色んな物から吸収したことを自分なりに咀嚼《そしゃく》して、必死に己の演技に活《い》かした。映画が好きで、それが高じてこの世界に入った私はとにかく『演じる』世界で上を目指したかった。そしてその努力は、ある程度まではトントンッと確かに実を結んだのだ。

「私はね、どれだけ努力しても、どれだけ渇望しても、主役を演じさせてはもらえなかった。常にスポットライトが当たっていたのは私の傍《かたわ》らで、私がその中心にいることはできなかった」

華がなかったのか。演技力の問題だったのか。性格の問題なのか。世間的なイメージのためか。運がなかったのか。直接的な原因がなんだったのかは、結局分からない。だけど、どれだけキャリアを重ねても、作中で重要な役を任されるようにはなっても、主演だけは、どれだけ願っても回ってこなかった。

エンドロールでも、宣材のポスターでも、私の位置は必ず主演よりも下。私は主演を引き立てるための添え物で、私がフォーカスされることはない。

それがひどく悔しくて、私の心を焼いた。

「待っているだけではなくて、自分から役のオーディションを受けに行ったこともあった。事務所や、脚本家の先生や、監督のところに、主演をやらせてくださいって売り込みを掛けたこともあった。でも、全てダメだった」

どこへどのように働きかけても、反応は芳《かんば》しくなかった。『榊輝信に主役はちょっと、ねぇ？』というような反応を、どこでもされた。『主人公の相方でなら』とか『キーパーソンとしてなら』とやんわり断られるならいい方で、時には真正面から『出しゃばるな！』と叱られたこともあった。

「悔しかった。自分がどれだけいい演技をしたって、その作品が私を中心にして語られることはない。話題に上《のぼ》るのはいつだって主演の人間で、作品の評価は主演に返る。どれだけ私が頑張っても変わらない。私の成果を、主演に掻《か》っ攫《さら》われていく。……誰も私を見てくれないと、思っていた」

時期としては三十代半ばに差しかかった頃だっただろうか。その頃になってようやく、私は己の心にずっとあった暗いモヤの正体を知った。

それは狂おしいほどの嫉妬だった。いや、怒り、だったのかもしれない。寂しさや悲しさもあったのかもしれないが、感情のベクトルというか、内包していたエネルギーはもっと暴力的で、黒い炎が内心を荒れ狂って、常に自分を焼いているような心地がしていた。その全貌を把握して、『これは嫉妬だったのか』と自覚できるようになるまでに年数を要したくらいの、大きな大きな感情だった。

なぜ自分の望みは叶わないのか。こんなにも、こんなにも、自分は主演を熱望しているのに。

実力がないとは言わせない。幼い頃から夢見ていた場所に行き着くために、こんなにも己を研《と》いで、研《と》いで、研《と》ぎ続けてきたのに。

何が足りないというのか。何がいけないというのか。

己の全ての時間を『俳優』という生き方に注ぎ込んできた。『自分』という外見を活《い》かすために煙草の吸い方を学び、酒の嗜《たしな》み方を学んだ。体を鍛《きた》え、健康に気を遣ってきた。どんな役でもこなせるように知識を蓄え、流行を追い、イメージを崩さないように行動だって無意識レベルで統制して、スキャンダルに巻き込まれないように人との距離にも気を遣って。

いっそ、『お前にはここが足りないから主演に抜擢《ばってき》されないのだ』と言ってもらえたら楽だったのかもしれない。だけど誰も、そんなことは言ってくれなかった。今にして思えばきっと、役の巡り合わせはそういうもので決まるわけではないのだろう。

だけど、当時の私には、そんなことは分からなかった。

「……だから、言ったんです。『あなたの気持ちが分かる』と」

ただただ、どうしようもない感情に、炙《あぶ》られ続けた。

己の全てを、人生そのものを突っ込んでも叶えられない、天運とでもいうものに。

「あの気持ちはきっと、今のあなたが苛《さいな》まれているものと、根本が同じだから」

そこまで語って一旦口を閉ざして彼女を見遣《みや》る。

彼女は、うつむきがちに私を見ていた。その瞳には、先程まではなかった光が見える。脚本家の卵として、人を見つめ続ける者特有の好奇心とでもいうか。……観察者としての瞳だ。

「……でも、今のあなたからは、……その炎というか、焦燥というか……余裕のなさを、感じません」

遠慮がちに私を観察している彼女に向かって首を傾《かし》げてみせると、彼女は言葉を選びながら、不器用に疑問を口にした。

「なぜ、ですか？　同じであるならば、……そんなに穏やかでは、いられません」

同じ感情を共有する者にしか、あの炎に炙《あぶ》られ続けるような感覚は分からない。常に何かに急《せ》き立てられているような。常に心が炎に炙《あぶ》られているような。常に絶望の上に切れかけたロープで吊《つ》るされているような。あの、発狂する一歩手前に無理やり立たされているような感覚。

ただ、同じ感情を共有する者になら、分かるのだ。今の私の中に、その炎がないということが。

「……気付かせてもらえたんですよ」

……私の人生に『後悔』と呼べるものは存在しない。ただ、『こうだったら良かったのにな』とかつて思った、解決済みの案件がひとつあるだけで。

「スポットライトが当たる場所だけが、舞台の中心じゃない。自分がいる場所こそが、自分にとっての舞台の中心なんだってことに、ね」

だけどその感情はきっと、『彼』に出会えていなかったらきっと、今でも『後悔』となって……いや、あの一件だけじゃなくて、他の諸々も色々と巻き込んで、私の人生にいくつもの後悔となって残っていったことだろう。

「和泉桐人《いずみきりひと》さんが主演を務《つと》めた『ガンナー』というドラマをご存知ですか？」

「あ……はい！　父がすごく好きなシリーズで、家にＤＶＤが全巻あって、私も小さい頃からずっと繰り返し見てきた、大好きなシリーズで……！」

そこで不自然に彼女の言葉が途切れた。ん？　と改めて彼女を見遣《や》れば、彼女は私から不自然に視線を逸らして目を泳がせている。

これは……。タイミングは分からないけれど、気づいていた、ということか。

「その時、私も出演させていただいたんですよね。ファーストシーズンは、ちょうどそんな感情に焦がされていた中での撮影で。……主演をもらえなかったことが、本当に私は面白くなくて」

そんな彼女の反応に気付いた素振りは見せず、私はマイペースに話を続けた。

テレビドラマ『ガンナー』。

凄腕の射撃能力を持つ渋い男性刑事が、己の射撃能力や高い知識を活《い》かして事件を追うサスペンスドラマだった。世間で一世を風靡《ふうび》した人気シリーズで、私はファーストシーズンから通して出演させてもらった。

役柄としては、主人公のバディというか、警察外におけるプライベートな面での相方。刑事として動いている時は完全無欠な主人公が、その相方の前ではふと弱みを見せたり、ポカをやってしまったり、そんな風に心を緩《ゆる》めてしまう相手で、主人公の幼い頃からの親友。主人公には刑事としてのバディ役もいたから、作中では第二のバディ役とも言える存在だった。

ちなみにこの役、ファーストシーズンの終わりの方で実は敵方の人間ではないかとほのめかす演出が入り、続編では黒幕達をさらに後ろから操るラスボスであったことが判明した。シリーズ最終作である劇場版では色々な葛藤を乗り越えた主人公と直接対決までしている。

とても美味《おい》しい役柄であることは間違いない。今から思えば主演に次ぐ重要な役を任せてもらっていたのだとも思う。私が助演男優賞をもらえたのだって、このシリーズの劇場版に出演していたからこそだ。

だけど、それでも、主演ではなかった。ファーストシーズンでは出番も他の主要人物達より少なくて、嫉妬の炎に焦がされていた私は、笑顔を顔に貼り付けながらも内心ではきっと鬼のような顔をしていたんだと思う。

どう考えても、自分の方が、主演の役柄に向いていると思っていた。

渋くて、引き締まった体付きの、ハードボイルドな男。年代だってちょうど私くらいの設定だった。一方私に振られていた相方役は、主人公よりも年かさで落ち着いていて、それでいてチャーミングな印象もあるキャラクター描写がされていた。和泉君は誰に対しても人当たりの良い、それこそ茶目っ気がある人物だったから、私と和泉君の役を交換した方が絶対に成功すると、私だけは内心、本気でそう思っていた。

「その時、挨拶に来てくれた和泉君が言ってくれたんですよ。『榊さんは、すごいですね』って」

今でも、その瞬間のことを、鮮明に覚えている。

撮影初日に、わざわざ和泉君から挨拶に来てくれたのだ。私と彼は同い年で同じ事務所所属の俳優だったけれど、芸歴で言えば彼の方がずっと先輩だった。子役時代から花形で、大人に分類されるようになってからずっと主演を任され続けてきた和泉君は、事務所を支える柱とも言える存在だった。普通なら私の方から挨拶に行くのが筋だったのだけれど、嫉妬と劣等感で凝《こ》り固まっていた私は挨拶に出遅れたのだった。

――榊さんは、すごいですね！

和泉君がそう言ってきた瞬間、私は反射的に『厭味《いやみ》か？』と思った。危うく口に出して言ってしまいそうなくらい、もうほとんど脊髄反射と言っていいほどのレベルでそう思ったのだ。

だって、相手は今を時めく、主演に引っ張りダコな、事務所の主力俳優サマ。片やこちらはどれだけ頑張っても万年助演の端役《はやく》俳優。それが『すごいですね！』なんてどの口が言うんだと、体中を黒い炎が荒れ狂った。

そんな私の前で、彼はカラッと笑って言ったのだ。

「『僕は和泉桐人しか演じられない。でも榊さんは誰にでもなれる。それってほんとにすごい。尊敬してます』ってね。……彼は、言ってくれたんですよ」

――僕は主演しかさせてもらえないんです。僕が強すぎて、僕を中心に考えて作品を考えないと作品全体が台無しになってしまうからって言われました。

でも結局それは、俳優としての実力を評価されてのキャスティングじゃない。あくまで『和泉桐人』個人の人気とネームバリューをアテにしたキャスティングだ。同じだけ視聴者を集める力があれば、そこにいるのは和泉桐人でなくても事足りる。制作側は、そう思っている。

だから、自分のところには主演の話しか来ない。制作側が求めているのは『真ん中に置く素材』だから。逆に端役《はやく》として真ん中じゃない場所に置いておくと、アクが強すぎて全てを引っ張ってしまって、他が全部ダメになってしまう。和泉桐人を連れてくるなら『和泉桐人』がメインにあることを考えて脚本を書かなければ、全てがダメになってしまう。

——榊さんは、そうじゃないんですよ。どんな役を回されても、その役が本当に実在していて、現実世界でも生きてるんじゃないかって思うような演技をするじゃないですか。

だから、誰もが助演に榊さんを呼びたがるんですよ。ただただ目立てばいい主演は目立つ人間を連れてくれば事足りますけど、脇役ってそうはいきませんから。演技力とか、役の作り込みとか、本当に研究してる人を連れてこないといけないと思うんですよね。作品の世界を壊さず、主人公を盛り立てて、かつ作品そのものを面白くしてくれる脇役をここまでしっかりやれる榊さんって、本当にすごいと思ってるんです！

「横っ面《つら》を張られたような衝撃でした。周りが……主演が、そんな風に見てくれているなんて、考えてもいなかったものですから」

主演が、世界の中心だと思っていた。主演が、頂点だと思っていた。

自分はその中心には立たせてもらえなくて。頂点にも行けない人間なのだと、思っていた。

「でも、違ったんです。……私が目指していた頂点は、主演なんかじゃなかった」

かつての自分が憧れた『俳優』という存在。

その憧れを体現する場は、もうずっと前から自分に与えられていた。主演にこだわらなくても、叶えられる場所にあった。

研《と》ぎ続けた演技力を活かす場所《い》があった。スポットライトが常に当たっていなくたって、自分にとっての舞台の中心は、常に自分の中にあった。

「……それからです。心が穏やかになったのは」

黒い炎がすぐに完全に消えてなくなるということはなかった。割と最近まで、折に触れて再燃する火種は私の中に確かにあったし、いつだって喜んで助演ばかりを続けられたわけではない。やはり主演でなければと思い直したことも何回もあった。

　だが嫉妬心で目が曇《くも》ることは、もうなかった。私は私に与えられた舞台の中心で、いつだって与えられた役を心からなり切って演じていた。

　それは、なんて幸せな日々だったのだろう。なんて充実した日々だったのだろう。

　そんな充実感に気付かせてくれた和泉君には、今でも心から感謝している。……昨年の今頃、私と同じ病で彼が逝ってなかったら、この最期の二十四時間の中で直接感謝の言葉を伝えたかったと思ったくらいに。

「あなたの先生がしていることは、確かに間違っている。だけどあなたが死んでしまうのもまた、間違っていると私は思いますよ」

　だから、彼に感謝の言葉を伝えられない分、今目の前にいる彼女に、私の言葉を伝えたいと思う。

　袖《そで》振り合うも他生の縁。これもまた、何かの縁だから。

　そう、和泉君も言っていたな。いつのことだったかは忘れてしまったけれど。

『人生は、ワルツに似ている』って。

「私は自分が置かれた場所で花を咲かせることができました。だけどあなたは逃げてもいい。……あなたが自分の実力を発揮できる場所に移れば、あなたの先生はあなたという作品供給源を失って勝手に落ちていくし、きちんと正しく作品を発表できたあなたの実力は評価されていくでしょう。今あなたを焦がすその苛烈《かれつ》な感情さえをも糧《かて》にして、死ぬ以外の方法で復讐したらどうでしょう？」

傍から見ていると優雅に見えるだけのワルツだけど、踊っている当人達は本当に大変なんだとか。普段使わない筋肉を酷使するから、変なところが筋肉痛になると。

人生もそれと同じ。傍から見ていると優雅に見えるけれど、踊っている当人はそれは必死に足掻《あが》いている。誰もが筋肉痛やら体を締め上げる服やら足を痛める靴に耐えて、優雅な様《さま》を装っているだけ。そしてそのワルツを楽しめるかどうかは、本人の技量次第。

だったら、下手でもいいから、足掻《あが》いて足掻《あが》いて、その足掻《あが》きさえ楽しんだ方がずっといいではないか。

一際《ひときわ》華麗なペアにばかりスポットライトは当たるのかもしれないけれど。でも。

「目に見える場所だけが、全てじゃないんですから」

……常にスポットライトに当たりすぎてくらんだ目では、見えない景色だってきっとあるはずだから。スポットライトが当たっていない人間にはきっと、常にスポットライトを浴びている人間には見えない景色が見えている。ならば自分はそれを役得として楽しんだ方が、嫉妬に身を焦がすよりきっとずっと楽しい。

そのことに気付けたから私は、きっと、『後悔』のない人生を送ることができたのだろう。

……私がそう言葉を締めくくると、彼女はしばらくじっと私を観察していた。全てを語り尽くした私は、そんな彼女の視線をじっと正面から受け止める。

ふと、彼女はキッと視線を鋭くした。グイグイッと袖《そで》で目元を拭《ぬぐ》った彼女は、自分の前に置かれたコーヒーカップを手に取るとグイッと中身を飲み干す。冷めた上に彼女の涙も零《こぼ》れ落ちていたコーヒーは味が変わってしまっていたのか、彼女はキュッと眉間に皺を寄せた。

「っ、榊さん。榊、輝信、さんっ!!」

それでも中身を全て飲み干した彼女は、力強い声で私の名前を呼んだ。

「私、書きます！　あのクソ野郎なんかに盗《と》られない場所で、今まで盗《と》られてきた作品以上の作品を、書きますっ!!」

彼女は力強く言い放《はな》つと真《ま》っ直《す》ぐに私を見上げた。その瞳はどこか、あの日言葉で私の横っ面《つら》を張ってくれた和泉君の瞳に似ている。

「『ガンナー』シリーズを越える作品を書いて、脚本に採用してもらいますっ!!　そっ、その時は……っ!!」

頬を紅潮させて、腹の底から叫ぶ彼女は生命力に満ちていた。

「演じて、いただけますかっ⁉　私が書いた脚本に生きる彼らを……っ‼」

……あぁ、もう大丈夫。

思わず、笑みが零《こぼ》れた。満足と安心が織り交ざった笑み。あるいはそれは、彼女が踊るワルツの苛烈《かれつ》さと眩《まぶ》しさを予感したからこそのものだったのか。

「もちろん」

もう、この子は大丈夫だ。

私は彼女を救うことができた。

「その日を、楽しみにしていますよ」


【-21】

彼女とは、喫茶店の前で別れた。ブンブンと元気に手を振った彼女は駅の方に歩いて行ったけれど、もう電車に飛び込むようなことはしないだろう。今の彼女ならば『先生』とやらに会っても拳を叩き込んできそうな生命力があったから。

「……『ガンナー』シリーズを越える脚本、か……」

純粋に興味があった。あの脚本は、出演する側である私が読んでも素直に面白いと思える作品だったから。

彼女が書き上げた脚本を読めないということ。彼女がどんな役を振ってくれるのか知ることができないということ。何より……

「……何より、オファーを蹴ることになるのが、心残りだね」

人生で唯一の『心残り』となりそうなことができてしまったことに、私は口元にゆったりと笑みを刻んでいた。

何も心残りがない人生は、美しいかもしれないけれど少し味気ない。これはこれで良かったんじゃないかとも、今の私は思う。思うことができる。

そんな自分にさらに口元を緩《ゆる》めながら、私は思いっきり空に向かって伸びをした。現在時刻は十六時。そろそろ自分が消える場所を決めなければならない。

「人目がある場所はさすがにマズいかな。……でも、マンションの中ってのも味気ないし……」

では海か、山か。

そこまで考えが及んだ時、ふと、さっき彼女との会話に出た『ガンナー』シリーズのロケで訪れた海辺のことを思い出した。

セカンドシーズンでのことだったか。静かな海辺の田舎町に主人公と私が演じる相方が出向く話があって、そのロケのために訪れた先が人気《ひとけ》のないとても綺麗な海だった。

観光客向けに整備された浜辺ではなく自然が造り上げた浜辺は不格好だったけれど、個人的にあの光景はとても心地良い物だった。

「……うん。あそこがいい！」

私は軽《かろ》やかに決めると瞼《まぶた》の裏にあの時の光景を思い浮かべる。スッと周りの空気が変わっていくのが分かった。

……私が踊るワルツはそろそろ終幕を迎える。きっと、私という踊り手が消えても、周囲はそれに気付かず、脇目も振らず己のワルツを踊り続けるのだろう。

それでいいと、私は思う。

——そのエピローグが、誰かを勇気づけられたなら、なおのこと。

私が消えた後の空気には、きっと笑みだけが残ったことだろう。

こうして私、榊輝信は、私が存在していた世界から、軽《かろ》やかに、未練なく、消えていったのだった。

僕と俺　～海へ還《かえ》る日～

【0】


少し意識がウトッと落ちた瞬間、バサッと何かが落ちる音がして目が覚めた。

書類が落ちる音とは違う、何かもっとこう……そう、粒状というか、砂状の物を大量にぶちまけたような音。

「……っ、報告書っ!!」

しかし意識が覚醒した俺が真っ先に口にした言葉は、意識を呼び起こした音に関することではなくて、意識が落ちる寸前まで取り組んでいた仕事のことだった。慌ててローテーブルに乗せたパソコンに飛びつけば、なんとか形にした報告書が消えることなく画面に表示されている。一通り目を通して形になっていることを確認した俺は、ホッと息をつくとデータに保存をかけた。

それからようやく周囲に視線を向けた俺は、見慣れない物が周囲に散らばっていることに気付く。

「……砂？」

パソコンを乗せたローテーブル。周囲には食べっぱなしにされたコンビニ弁当やカップラーメンの容器の残骸。あまりに部屋にいなさすぎてローテーブルの周り以外は綺麗に片付けられ……というか、最初から使われていない、生活感の落差が激しいワンルームのアパート。

その部屋の床に、俺を中心にするようにして、なぜか大量の砂がぶちまけられていた。まるで俺自身が砂場に埋もれてしまったかのようだ。あるいは、俺が座っている場所だけ浜辺のようになってしまったかのような。

明らかに異常な光景なのに、俺は何事もなかったかのようにノートパソコンの右下に表示された時計に視線を流し……そのまま慌てて飛び上がった。

「ヤッベェッ!!　電車出ちまうっ!!」

バサバサと落ちる砂が鬱陶《うっとう》しい。仕方がないから昨日から着たままだったワイシャツとスラックスを脱ぎ捨て、それでもまだこぼれてくる砂に顔をしかめながらインナーと下着も脱いで風呂場に駆け込む。チャチャッとシャワーを浴び、ついでにヒゲを剃《そ》る。

手入れが面倒という理由で短くしている髪はタオルで強めに拭《ふ》けばすぐに乾いた。

かくして十分程度で身支度《みじたく》を整えた俺は、書類がパンパンに詰まったカバンにノートパソコンから引き抜いたＵＳＢを入れ、朝飯《あさめし》代わりのゼリー飲料を片手に家を飛び出す。

アパートから徒歩三分の駅から出る始発電車に飛び乗り、電車内でゼリー飲料をすすりながらスマホに転送されてくる社内メールに目を通す。そうこうしているうちに電車が会社の最寄り駅に着いていて、俺は始業三時間前のオフィスに到着していた。フロアの電気をつけて自分の席まで進むと、約六時間前まで向き合っていたデスクは記憶にある通りの姿で俺のことを迎えてくれた。

「……」

……迎える、と言うよりも、今日もノコノコとやってきた生贄にほくそ笑んだ、という方が正しいのかもしれないが。

朝の六時から夜中の十二時過ぎまで、昼休みもろくに取れずに仕事、仕事、仕事。終電ギリギリまでここで粘《ねば》って、終わらなかった分は家に持って帰って片付けて、そのまま少しウトウトして、始発に飛び乗って出社。ろくに寝ていないどころか、思い返せば最近まともな休日を過ごした覚えもない。

……そこまでして、どうして仕事をするんだろうな。

不意にそんなことを思ったが、考えることができなかった。考えられるほど、頭が回ってくれなかった。

「……昨日の件で先方に報告と、来週の会議に向けての根回しと……あぁ、あの企画の計画書と、打ち合わせを……」

面倒なことは、考えたくない。頭が回らないことに割《さ》いている時間もない。

そんなことを思うよりも早く、体は仕事に向き合うべく椅子を引いていた。鞄を足元に投げ入れ席に体をうずめれば、一瞬前まで浮かんでいたしょうもない疑問は綺麗に霧散して消えていた。

【-7】

今度は、波の音が聞こえたような気がして目を開けた。どうやらまた、仕事の合間に意識が落ちていたらしい。

なかなか素直に開いてくれない瞼《まぶた》に辟易《へきえき》しながら、頭を振ってなんとか眠気《ねむけ》を散らす。

そんな俺の視界に映ったのは、日によく焼けた畳《たたみ》だった。

「……?」

あれ……? 俺、会社にいたはずなのに、どうして……

見慣れないのに妙に落ち着く光景に目をしょぼつかせながら、そっと手を伸ばして己が座る畳を撫でる。どうやら俺はちゃぶ台に半身を預ける形で畳の上に座り、そのままうたた寝をしていたようだった。窓が開け放《はな》たれているのか、少し熱を帯《お》びた風がフワリと傍《かたわ》らをすり抜けていく。チリッ……イン……と微かに聞こえる音は、軒先《のきさき》に吊《つ》られた風鈴が奏でたものだろうか。

――……そうか、もうそんなシーズンなのか……

声にならない呟きが、胸の中に落ちていく。落ちかけている意識が、そんな呟きにつられて、さらに眠りの淵《ふち》に、落ちて、いく……

――……海が、綺麗に見える時期、……だな………

そんなことを無意識の内に途《と》切れ途《と》切れに思った瞬間、畳を踏む音が聞こえて、それを追い払うかのように素《す》っ頓狂《とんきょう》な声が響いた。

「あれまぁっ!!」

その瞬間、俺を支配していた眠気《ねむけ》は完全にどこかに吹っ飛んでいった。

ハッと顔を上げて声がした方を見る。そこに立っていたのは久しく顔を合わせていなかった、だが簡単に忘れるはずなんてない人で。

「一也《かずや》！　あんた、いつの間に帰ってきとったとね!?」

「母さん……」

「なんねぇ、ただいまも言わず！　驚いちまったじゃねぇかっ!!　お父さぁんっ!!　お父さんっ!!　一也がっ!!　一也がいきなり帰ってきたよぉっ!!」

相変わらずの騒々しさで母さんは……俺の実の産みの親は、親父を探しに居間を出ていってしまう。……体は小さくなって少し痩《や》せて、髪のボリュームも記憶にあるよりだいぶ減っていたけれど、甲高《かんだか》い声で騒々しく喋《しゃべ》るところはちっとも変わっていない。

俺はポカンと母さんが消えた襖《ふすま》の向こうを見つめてから、ようやく周囲に視線を巡らせた。

日に焼けた畳。ちゃぶ台と、年季が入ったテレビ台にはそぐわない真新しいテレビ。どうやら俺の記憶にあるテレビはついにお役御免となったらしい。

縁側に続く掃《は》き出し窓は全て開け放《はな》たれていて、軒先《のきさき》には物心ついた時からこの家を出るまで毎年音色を聞いてきた年代物の風鈴。その向こうからかすかに波の音が聞こえてくるのは、この家が海のすぐ傍《そば》に建っているからだ。

……信じられない。信じられないこと、なの、だが……

うたた寝をするまで確かに会社にいたはずである俺は、十年来帰っていなかった実家の居間に、座っていた。

「……え、なんで……」

大学進学を機に実家を出た俺は、そのまま進学先の近くの企業に就職した。就職してからは仕事が忙しくて顔を出すことはおろか、電話すらろくにしていなかったから、……母さんの声を聞いたのは、本当に一体、いつぶりになるんだろうか。ここにこうして座るのは、学生時代の長期休暇に顔を出して以来で……それだって、四年生の時は、卒論や就活に忙しくて、顔を出した記憶もなくて……

「……っ⁉」

そこまで考えてから、俺はガタッとちゃぶ台に手をついて腰を上げた。

「かっ、会議が……っ‼」

そうだ、今日は夕方から重要な会議の予定が入っていた。その資料の最終確認をするために出先から自分のデスクに戻って、ちょっと気が緩《ゆる》んで、意識が落ちて……っ‼

そこまで思い出した俺をなだめるかのように、チリッ……イン……と、また微かに風鈴が音を鳴らす。まるでその音と和《わ》すかのように、ザザンッという、微かな波の音も。

──帰りたいな、と……思ったんだ。

ふと、意識が落ちる前に、資料に飾りで入れられていた風鈴のイラストに目が留《と》まったのを思い出した。

いつもなら気にならない、夏に近付く時期ならばいくらでも目にするモチーフ。だというのにあの時俺は、ふと、心の隙間からにじみ出たかのように、ここ数年思い出すことさえなかった実家の風鈴を思ったのだった。

それで、意識が落ちて……

――っていやいやいや⁉　それだけで本当に実家に来ちゃってるって、一体何がどうなってるんだっ⁉

俺はそのままの体勢から脱力して、崩れ落ちるがままちゃぶ台に突《つ》っ伏《ぷ》した。

――職場からここまでどう考えても半日はかかるだろっ⁉　何がどうなったらうっかり居眠りしただけでこんなことになるんだよっ⁉

意味が分からない。俺は、いつも通りに出社して、いつも通りに仕事をしていたはずなのに。そんな日常にこんな非日常が入り込む余地なんて……

「……」

そんなことを思った瞬間、波の音に似た異音で目を覚ましたことを思い出した。

目を開けた時に見えたあの光景。あれは、不自然なものではなかっただろうか……

「砂……」

ポツリと呟いた瞬間、カッコッカッと、足音とは思えないのに妙に足音に聞こえる気《き》ぜわしい音が近づいてきた。ハッと顔を上げると、襖《ふすま》の向こうにこれまた懐かしい顔が見える。

　シワが増えて余計に頑固そうに見える……そして実際に頑固な父親が、そこに立っていた。ブルブル震える手は杖を握っていて、さっきの気《き》ぜわしい音の正体はこれかとあたりが付いた俺は思わず大きく目を見開いた。

「……親父……」

「親父、杖なんて、いつから……」

　俺の記憶の中の親父は、常にかくしゃくとしていて杖なんかにすがって歩く印象なんてどこにもなかった。膝が悪いという話だって聞いていない。

　それなのに今の親父は、杖がなければ歩けないのではないかと思うほどブルブルと体を震わせ、いつでもシャキッと伸びていたはずである背中を丸めて、シワが増えて小さくなった体で俺を見つめている。

「か……一也……っ!!」

　唇を割って出てきた声は、確かに親父の声だったけれど、それも記憶にあるよりもずっと弱くて、かさついていて。

　記憶の中の親父との落差に、俺は動揺を隠せない。

　そんな俺の前で親父がクワッと目を見開いた。

「なぁにテメェはしれっとこんなトコにいやがんだぁぁぁぁああああっ!!」

「えぁぁぁぁぁぁあああああっ⁉」

いやいやいやいやいやっ⁉　いやさっきまでしょぼくれた老人と化してたくせに、いきなり俺の知ってる親父に戻ったんだがっ⁉　手にした杖で息子をしばき倒すとかどうなんっ⁉

「こんの親不孝モンがっ‼　ちっっっっとも連絡も寄越さんとっ‼」

「あだっ‼　あだだだだっ‼　杖で殴るなんて卑怯だろっ‼　当たりどころが悪かったら死ぬぞこれっ‼」

「親より先に死ぬ言うかっ‼　こぉんの親不孝モンがぁぁぁぁぁあああああっ‼」

「いったぁっ⁉」

いやいやだからその死因を作ろうとしてんのはあんただっつーのっ‼

俺はなんとか親父の杖から逃げようと身をよじり、親父はそんな俺を躍起《やっき》になって追いかけ回す。おい、膝が悪《わり》ぃから杖ついてんじゃねぇのかよっ⁉　普通に俊敏に動けてんじゃねぇかっ‼

「一也が帰ってきてくれたもんで、お父さんも元気んなったなぁ」

そんな生きるか死ぬかの修羅場が展開されているというのに、ひょこっと顔をのぞかせた母さんは呑気《のんき》かつ嬉しそうに笑った。

「今夜は御馳走《ごちそう》作らんとね！　お父さん、あたしは買い物に行ってきますからねぇ、一也と仲良ぉしとってくださいよ」

「か、母さん、俺、今日は会議があるから……」

「母さんのメシ食わずに帰る言いよるかっ‼　こんの親不孝モンがぁぁあああっ‼」

「もはや親父はその台詞言いたいだけだろっ⁉」

「智也《ともや》と愛香《あいか》も呼んでパァッとご飯しよかね？」

「母さん！　今日は平日だからあいつらは学校……じゃなくて仕事だろっ⁉」

親父に小突かれ、母さんのマイペースな発言にツッコミを入れている間に、なぜか俺は今晩実家でメシに呼ばれていくことが決められてしまっていた。ご機嫌でいつも以上に人の話を聞かなくなった母さんは勝手に買い物に出かけてしまい、俺の頭にたんこぶを三つほど作ったところで気が納《おさ》まったのか、親父は大分苦労しながら俺の隣に腰を下ろす。

一瞬、親父がすぐ傍《かたわ》らにいるということに居心地の悪さを感じた。だが親父は俺の隣に座ったから何をするというわけでもなく、何を口にするわけでもなく、ちゃぶ台の上に置いてあった新聞を手に取ると無言で読み始める。

……そっか。昔はよくこうやって、風呂上《あが》りとかに新聞読んでたもんな……

その光景が妙に懐かしくて、安心できて、俺は後ろに手をついて体を投げ出すと小さく息をつく。

「……寝ろ」

そんな俺を新聞越しにチラッと眺めて、親父は小さく呟いた。

「顔色悪《わり》ぃぞ。こんなジジイの攻撃で音《ね》を上げるなんざ情けねぇ。不摂生してる証拠だ」

「え……」

ジジイって自分で言ってるけど、……いやいや、あの攻撃は『ジジイ』から繰り出された代物《しろもの》じゃねぇと思うんだが……？

「寝れる時に寝とけ。で、母さんの美味いメシを腹一杯に入れろ。……今まで弱音ひとつ吐かずにやってきたお前が、いきなり帰ってきやがったんだ。よっぽど何かあったんだろ」

「……親父」

低く呟く言葉には、俺を気遣う響きがあった。

親父は昔かたぎの典型的な雷親父で、怒鳴られたり殴られたりした記憶はいくらでもあったが、こんな風に気遣われたことはほとんどなかった。

……でも、昔、一度だけ。

『……よぉく耐えた。立派だったな。……今日はもう、母さんの美味いメシ食って、さっさと寝ろ』

……何があった時のことだったかは忘[illegible]しまっているのに、そうぶっきらぼうに言いながら、わざわざしゃがんで目の高さを合[illegible]、優しく頭を撫でてくれた親父を、覚えている。

俺はその言葉が、手が、温かくて。ひどく安心して[illegible]

今の親父は、俺と目を合わせようとはしない。手を伸[illegible]ともない。

だけどその分、言葉が持つ温《ぬく》もりが、ひどく俺の心にしみ[illegible]まって。

「……うん」

俺は小さく呟くと腕の力を抜いてそのまま後ろに倒れ込んだ。枕や[illegible]の利いた物は何もない。だというのにどこからともなく現れた睡魔はスル[illegible]いう間に俺の意識を搦《から》め捕《と》っていく。

チリッ……イン……と、また細く風鈴が鳴った。

――夏……海の、季節……だな………

そう思ったのを最後に、俺の意識は眠りに沈んだ。

【13】


「うーわ、ほんとに寝てやがる」

「チョーップ!!」

　懐かしい声とともに頭にチョップを撃ち込まれて目が覚めた。

「アガッ!?」

「やーい、ねぼすけぇ」

「平日の真っ昼間《ぴるま》を寝て過ごしたんだって？　いーいご身分だなぁ？」

　間抜けな悲鳴とともに目を開くと、すぐ目の前に顔がふたつあった。記
も大人びた……というよりも『老けた』と言った方が正しい変化を経
がその顔を見忘れるわけがない。

「……老けたな、お前ら」

「ちょっとちょっと！　それが約十年ごしに対面し て言う言葉なのっ!?」

「兄貴の方がよっぽど老け込んでんじゃねぇか。 兄貴に言われたかねぇよ」

　俺の弟妹達は男女の違いこそあるものの 似た顔立ちでふくれっ面《つら》をさらすと、す
ぐにキシシッとこれまたよく似た顔で笑った。

　男女の双子は成長するにつれてだんだん双子感が薄れてくるものだと思うのだが、智

也と愛香の場合、二十代も後半、そろそろ三十路に手が届く年齢に差しかかっても面立《おもだ》ちというか、雰囲気というか、表情の作り方がすごくそっくりだ。昔は互いに制服を取り換えて入れ替わりができたくらいだから、やっぱり元がよく似ているのだろう。

——同性の双子は一卵性の場合そっくりそのままっていう理由も分かるんだが……。男女の双子は、確実に二卵性だろ？　ここまでそっくりなのも珍しいんじゃねぇか？

「ほらほら、おにぃ！　お母さんがご馳走一杯作ってくれたから！」

「そーそ、兄貴の好物ばっかだから、派手に宴会といこうぜ！」

そんな、昔手に入れた理系知識を脳内で転がしていたら、智也と愛香に一本ずつ腕を取られる形で引き起こされた。意図せず深く眠り込んでいたのか、急に頭を起こすとクラリと微かに意識が揺れる。だがそんな俺を気遣うつもりなんてない弟妹は『早く早く！』とまるで子供のように俺を急《せ》き立てた。

そこでようやく弟妹達の全身を見ることができたのだが、智也が作業着なのに対し、愛香はお洒落《しゃれ》な私服姿だった。智也は仕事帰りで、愛香は休みだったのだろうかと、ぼんやりとした疑問が頭に浮かぶ。

「んもぅ！　おにぃ、あたし、美容師になったんだよ‼　電話で話したことあったじゃんっ！　忘れちゃったのっ⁉」

疑問は顔だけではなくて声にも出ていたのだろうか。それとも、俺の顔によっぽど分かりやすく疑問符が貼りついていたのか。

「だからこのカッコで仕事してるの！　今日はわざわざ早引きさせてもらったんだよ？　感謝してよね！」

「……いーや、どーせお前のことだ。『ご馳走』って単語に一、二もなく喰い付いたんだろ」

「えぇー！　ひっどーい、その言い方ぁっ!!」

「愛香の仕事を忘れてるってことは、俺が今何してるかも忘れちまってるだろ？」

「えー……？　あー、何か、メーカーだっただろ？　……えっと、……何かの部品の……」

「ピンポーン！」

「えぇーっ!!　ちょっとぉ！　智也の仕事よりあたしの仕事の方が分かりやすくて覚えやすいじゃんっ!!　なんで覚えててくんないんだよぉっ!!」

家に十年帰っていなかったということは、十年こいつらとも顔を合わせていなかったということだ。それなのに二人はそんな空白を感じさせないくらいポンポンと言葉を投げてくれるし、俺も同じテンポで言葉を返せる。

いつまでもうるさくはしゃぐ俺達に業を煮やした親父が怒鳴り込んでくるまで、俺達はこんな調子で言葉を投げ合った。

食卓に移動すると弟妹の言葉通りに俺の好物ばかりが所狭しと食卓に並べられている。記憶の中でも狭かったダイニングはさらに狭くなっていて、弟がなんのためらいもなくビールを開ける姿に時の流れの速さを感じた。俺には懐かしさと違和感でチグハグな光景なのに、みんなにとっては弟妹の手に酒類があるのが当たり前みたいで、そのことに意味もなく動揺してしまった。

だが、最大の衝撃はさらに後にやってきた。

「……はぁっ⁉　結婚っ⁉」

「なんねぇ、一也。知らんかったの？」

「きっ、聞いてないっ‼　おっ、おまっ⁉　けっ……‼」

「するよぉ、結婚。できれば一年以内に」

母さんが何気《なにげ》なくこぼした『深雪《みゆき》さん』という聞き慣れない名前に突っ込んだ時だった。俺には耳慣れないのに家族の中には妙に浸透していて、みんながそれぞれ親しみを込めて呼ぶその名前は何かと質問すると、とんでもない単語が転がり出てきた。

弟の、彼女。というか、プロポーズ済みなので、婚約者、であるらしい。

え？　コイツが？　つい最近まで野球にしか興味なかったコイツが？　結婚？　まだ三十にもなってないのに？　最近まであんなガキだったのに？　てか俺でさえ結婚なん

て、考えたことも……

「何言ってんだよ兄貴。一体いつの話してんの」

動揺を抑えきれずに内心を片《かた》っ端《ぱし》から声にしてしまった俺に、智也は苦笑をこぼした。

「兄貴みたいに都会にいたら、三十前の結婚って早いかもしんねぇけど。でも、この辺りだったら、俺くらいの歳でみんな結婚してるって」

それに、と言葉を続けた弟は、俺の知らない顔で笑った。

「家族になって、俺が深雪の幸せを守ってやりたいって思ったんだ。……そうなっちまったらもう、歳なんて関係なくね？」

そう言葉にして、最後は照れ臭そうに笑う。それを愛香がヒューヒューとはやし立て、母さんは少し涙ぐんだ。親父はいつもと変わらない気難しい顔をしているけど、少しだけ誇らしそうに口元を緩《ゆる》めている。

それが、ひどく、自然だった。俺にとっては、不自然でしかないのに。

俺にとって、智也はまだ最近学校を出たばっかのクソガキで。こんな……こんな、『大人』を感じさせる智也も、『男』を感じさせる智也も、俺は知らない。こんな智也、智也じゃない。

「そういう愛香はどうなんだよ？　康文《やすふみ》さん、だったっけ？」

「キャーッ!!　言わないでよぉ、恥ずかしいじゃ〜んっ!!」

「智也の式が終わったら、今度は愛香かねぇ？　お父さんの膝も年々ガタが来とるし、まとまるなら早い方がええかもねぇ」

「ふんっ！　オメェの式なんか出るけぇっ!!」

「ちょっとぉっ!!　愛娘《まなむすめ》の結婚式ですよぉ？」

「愛香、お父さんは寂しいんよ。照れ隠しってやつさぁねぇ」

「お前は黙っとれっ!!」

……弟は、遅くてもあと一年で結婚する。妹にも、結婚の話が出るような彼氏がいる。

俺の記憶の中で弟は、いつもデカイ鞄を引っ提げて真夏でも真冬でも朝から晩まで練習に出かけているような野球小僧で。妹は少女漫画に首ったけで、恋に恋しているようなマセガキで。

卒業した、就職した、という話は、もちろん知っていた。折々に、節々に、その報告の電話を、当人達からもらっていたから。

だけど、実感、できていなかった。当然だ。俺は、十年、この場にいなかったのだから。

電話も、出られず、折り返しもせずだったから、徐々にかかってくること自体がなくなった。弟妹達がスマホを持つよりも俺が就職する方が早かったから、俺は弟妹達とメッセージアプリでさえ繋がっていない。

俺は、この家にとって、異端だった。

異端に、なってしまって、いた。

「招待状を送る前には、連絡しようと思ってたんだぜ？」

俺はよっぽど愕然《がくぜん》とした顔をしていたのだろうか。気遣う響きのある声に弟を見れば、弟は少しだけ気まずそうな表情で俺のことを見ていた。

「兄貴が盆とか正月とか、帰ってくる予定があったら、式の前に会ってもらいたかったんだけど……あ、いや、今日だって、帰ってくるのがあらかじめ分かってたら、深雪に都合付けてもらったんだけどさ！　深雪、今日は仕事が立て込んでて来られないって……」

「あ、いや……」

俺の表情をつぶさに読んで言葉をかけてくれる弟に、俺はなんとかぎこちない笑みを向けた。

「すごく、驚いただけで……。気にすんなよ、そもそも、俺が忙しくしてて、連絡不精《ぶしょう》だったのが良くなかったんだし……」

「キャハハハッ！　そ～だよぉ、おにぃ！　ぜぇ～んぜん連絡くれないいんだもぉんっ!!」

おめでとう、と震える声で紡《つむ》いだ言葉は、妙にテンションの高い妹の声にかき消された。妹は酒に弱い上に笑い上戸《じょうご》だったらしい。それも『家族は当然知っているけれど俺は知らないこと』だと察してしまった俺は、もうどんな表情を浮かべていいのかさえ分からなかった。

「……あ、ワリ。ちょっと……」

「なんねぇ、一也」

「……電話。す、スマホに、電話が、入ったみたいで。会社からかもしれないから」

ちょっと、出てくる、と言い置いて席を立った。

もう、自分がどんな顔をしているのかさえ、分からなかった。あのまま席に座っていたら、……泣いてしまうかも、しれなかったから。

本当はスマホなんて持っていない。財布も、靴も、多分ない。

俺は廊下に出て少し進んで、電気が消された居間に逃げ込んだ。日が沈んだのに掃《は》き出し窓はいまだに開けっぱなしにされていて、チリッ……ィン……と、風鈴が招《まね》くかのように微かな音を鳴らしている。

縁側に出て、そっとうずくまった。

風鈴の真下。闇に沈んでしまった景色の中に、風鈴のシルエットだけがぼんやりと見えている。きっとこの風鈴だって、明るい日差しの中で見たら、俺の記憶にあるよりずっと日に焼けて、すすけていて……

十年。

言葉にするのは簡単で、実際に過ごすにはきっと長すぎる時間。

その時間を仕事だけに費やした俺は、帰りたいと願った先でさえ異端な存在になってしまっていた。

——願った？

不意に浮かんだ言葉に、俺は一瞬ハッとなって、次の瞬間、衝動のままに涙をこぼしていた。

——そっか、俺……ここに、帰りたかったんだなぁ……

ただただひたすら働いて、働いて、働き続けた自分が、ふと願った小さな望み。不思議な力で叶えられた、唐突な里帰り。

——でももう、俺の帰りたかった『家』は、ここにないんだ……

どう消化したらいいのか分からない感情を抑え込みたくて、俺はきつく膝を抱えて涙がこぼれる瞼《まぶた》をきつく閉じた。それでも涙と嗚咽《おえつ》は消えてくれずに、酷《ひど》く俺の呼吸を奪う。

――海に、行きたいな

自分の中で渦巻く激情で体が爆発しそうになった瞬間。

ふと、引き裂《さ》かれた心の狭間《はざま》からにじみ出たかのように、願いがひとつ、転がり落ちた。

――海の傍《そば》に、帰りたいな

願う言葉で頭が一杯になる。

その瞬間、ザザンッと強く、微かな風鈴の音をかき消すかのように波の音が響いた。

夕飯のにおいにかき消されていた潮の香りが一気に俺を取り巻いて、生活を感じさせるものがサッと消えていく。靴下を履いた足先が、少し濡れた砂の感触を捉《とら》えた。

「……――」

ゆっくりと腕を解いて顔を上げる。

目の前にあったのは、真っ黒な海だった。

俺が昔、暇さえあれば座り込んでいた海岸の浜辺。縁側に座り込んでいたままの体勢で突如海辺に移動した俺は、低く静かに響いた声に虚《うつ》ろな瞳を向けた。

「……やぁ、お兄さん」

そこには俺と似たり寄ったりなスーツを着たおっさんが座っていて、俺の視線を受け止めるとはにかむように笑ってきた。

「マイナスの余命を過ごす者同士、ちょっと話をしてみないかい？」

【-14】


「……マイナス？」

会話をするつもりなんて本当はなかったのに、その言葉はポロリとこぼれ落ちていた。

「お兄さん、いきなりここに現れたしさ。砂状病で死んで、何か願ったからここに飛んできちゃったんじゃないかい？」

「……砂状病？」

「おや？　知らない？」

おっさんはまるで役者みたいに器用に片眉をはねあげてみせた。

いや、そんな反応をしなくても、俺だって砂状病くらい知っている。

「体が砂になって消えちまう、あの病気のことだろ？」

「なんだ、知ってるんじゃないか」

「でも、俺は今こうして、ここに……。さっきまで、メシも食ってたし、親や弟妹にしこたま殴られて痛かったし……」

「砂状病の都市伝説にあるじゃないか。ほら、『発症して体が崩れたのち、二十四時間だけ、生前と同じ姿で、己が望んだ場所で行動することができる』ってやつ」

それは……初耳、だった。

「私はね、もうそろそろそのマイナスの二十四時間も使い切ってしまうんだ。いやぁ、この歳まで独《ひと》り身でねぇ。両親を見送った後だったってことは救いだったけど、何分《なにぶん》その二十四時間でやりたいこともなければ、話したい相手もいなくてねぇ。柄《がら》にもなく家の掃除をしちゃって、それでもまだ時間が余ってしまってねぇ。……だからこうして、海を眺めていたんだ」

砂状病という、原因不明な病気がここ最近多くなってきたという話は、時事問題のひとつとして頭に入っていた。だがそうやって死んだ人間にそんな特質があるという話は、初めて、耳、に……

「……マイナス?」

その言葉が今更引っかかって、俺はバカみたいに呟いた。

「マイナスって、どういう……」

医者が患者に余命宣告をする時に『マイナス』なんて表現をしただろうか。

例えば医者が『あなたの余命はあと三ケ月です』と告げたとしよう。つまり告げられた患者は三カ月を過ぎると死ぬ可能性が高いということだ。余命がゼロになった瞬間、医者の見立てでは患者は死を迎えるということだ。

それが、マイナスということは。

「……え」

おっさんは俺に向かって『マイナス二十四時間を過ごす者同士』と言った。もっと端的に『砂状病で死んだ』とも。

つまり、俺は。余命ゼロを過ぎてしまった俺は。

「俺は……死んでるって、ことか?」

「君が瞬間移動なんて技を使えないなら、恐らくね」

愕然《がくぜん》とする俺を、おっさんは静かに肯定した。その仕草はやっぱりどこか役者がかっている。

だがもう、そんなことを気にしている余裕はどこにもなかった。

「……どういう、ことだよ……」

パニクるというよりも、頭が真《ま》っ白《しろ》になって何も考えられない状態だった。体中から力という力が抜けて、抱えていた膝がパタリと開く。スラックスが砂まみれになっているというのに、どうこうしようという気になれない。

あぐらをさらに崩したような格好でへたり込んだ俺は、肺から抜けていく空気に纏《まと》まり切らない内心をそのまま乗せていく。

「いや、死んだって、俺まだ三十代……はぁ？　仕事、どうすれば……」

その言葉を音として認識して、俺はハッとした。

そして、クシャリと顔を歪《ゆが》める。

「……仕事、かよ………」

もう死んでいて、おっさんの言葉を信じるならば、残されたマイナスの寿命もあとわずかだと分かるのに、無意識にこぼした言葉は真っ先に仕事の心配をしていた。

それだけしか、なかった。

その後に続くはずの心配事が何も出てこなかったことは、誰より俺が分かっていた。

「……っかしいの。……俺の人生、仕事しかなかったのかよ……」

始発の電車に飛び乗って職場に出向き、休み時間もろくに取れずに働き詰《づ》め。終電で帰って、持って帰った仕事をこなして、そのままウトウトして、飛び起きたらまた始発電車に乗って。

そんな仕事漬けの日々を、俺はこの十年、過ごしてきた。

仕事を理由に、学生時代の友人からの誘いを断り続けていたら、遊びも、旅行も、仕事終わりの飲み会さえ、誘ってもらえなくなった。同窓会の便《たよ》りも、結婚式の招待状も、俺のところには来ない。

家族への連絡も、仕事を理由におろそかにしていた。その間に両親は歳を取り、弟妹は新しい家族を見つけて幸せになろうとしていた。俺だけが置いてけぼりで、異端分子と化していた。

趣味も、好きだったものも、もう分からなくなってしまった。恋人も、友人もいない。それでいいと思っていた。……いや、仕事の忙しさを理由にして、考えたくないことを考えないようにしてきた。抜け出そうと思えば、いつだって抜け出すことができたはずなのに。考えようと思えば、いつだって向き直ることができたはずなのに。

そして最期の最後には、自分の命さえ無駄にした。残された大切な時間にさえ、自分は向き直ることができなかった。

「……っ、～～～～～～っ!!」

後悔。

後で悔いるから、後悔。

生きていればいつかは取り返せるかもしれない後悔を、もう死んでしまっている俺は、どうしたらいいんだろう。取り返すことも、放り出すこともできない、俺は。

「……良かったですねぇ」

グチャグチャになった心を処理できず、声を上げて泣き始めた俺を、おっさんは柔らかな笑みを浮かべて見ていた。慈しみ、というか、親愛、というか……なんだか、愛おしいものを見るような表情だった。

「消えてなくなってしまう前に、あなたは気付けたのだから」

「え……」

その言葉の意味が分からなくて、俺は間抜けな声を上げた。正直に言うと声を上げたのかどうかさえよく分かっていなかったけれど、俺を見つめるおっさんの瞳がグッと優しくなったから、多分、声を上げていたんだと思う。

「世の中にはね、抱えてきた後悔に、死んでも気付けない人間だって、いるんです」

おっさんは穏やかに言うと海の方へ顔を向けた。

「で、でも、俺……多分、もう、残ってる時間、十時間もなくて……」

「十時間もあるじゃないですか」

そして、軽《かろ》やかに立ち上がると、波打際《ぎわ》に向かって進みだす。俺と違ってきちんと革靴を履いた足は、わずかにサクリ、サクリと、コンクリートの上を歩いている時とは違う音を立てた。

「砂状病にかかった人間は、望んだ場所に、願っただけで行ける。これはとても大きなアドバンテージだ。今の私達は、行きたいところに行きたい放題な上、どのみち消えてしまうのだから、もう余計なしがらみにも縛られていない」

おっさんは波打際《ぎわ》ギリギリに立つとクルリと俺を振り返った。俺と似たり寄ったりだと思っていたおっさんの動きは、妙に気品にあふれていて　なんだか映画のワンシーンを見ているかのようだった。

「私はね、役者だったんですよ、これでも」

闇に沈んだ海を背景に、おっさんはそんなことを口にした。海が星灯《あか》りを反射していて、俺の目にはちゃんとおっさんの表情が見えていた。

「好きなことを、好き勝手にして生きて、いつ死んでも後悔なんてないと思ってきましたが……。いやはや、これが案外、いざ死んでみると、色々と思うものなんですねぇ」

素なのか、これも演技なのか。そもそも、役者であったという言葉が真実なのかどうかも、芸能界に詳しくない俺には分からない。

俺に分かるのは、このおっさんが、俺と同じ境遇で、本当にもう時間を使い切ろうとしていて、……その中で俺に、伝えたいことがあるということ、だけで。

「その気持ちをね、解消してやれるのは、今しかないんですよ。砕けて消えてしまう前に、後悔を少しだけ減らしてやるために、この二十四時間があるんじゃないかと、私は思ったんです」

おっさんは穏やかに笑うと、スッと俺を指さした。銃口を突き付けるように指を突き付けてくるおっさんは、なんだかそんな仕草が妙に様《さま》になっていた。

「君の心に眠っている後悔に、……願いに、耳を傾《かたむ》けてあげなさい」

……なぜだか、ポロリと一粒、涙がこぼれた。

そんな俺にふっと柔らかく笑ったおっさんは、俺に向けていた手を下ろして両手をスラックスのポケットに突っ込むと、嬉しそうに……本当に嬉しそうに瞳を細めた。

「人生の最期の最後に、君と話ができて良かった」

そしてパキッと、まるで薄いガラス板にヒビが入るかのように、割れる。

「では、私は一足早く、舞台から降りるとしよう」

まるでプレパラートのうっすいカバーグラスが割れるみたいに簡単に割れたおっさんは、柔らかく笑ったまま粉々になっていった。かすかな星灯《あか》りを反射しながら散っていった後には、おっさんが着ていたよれたスーツだけが音もなく落ちていく。

波打際《ぎわ》に落ちたスーツの端が波に引っかかったのか、衣服一式はゆっくりと波に持っていかれて、じっと眺めている間に残されたのはお行儀よく並んだ革靴だけになった。……あの革靴もきっと、今晩中には波にのまれて持っていかれる。満潮になれば、この辺りの潮位はもっと上がるはずだから。

きっと、時間を数字に直したら、五分も経っていないだろう。

その間に、マイナスの余命を過ごす同士は、ここにいたという証拠さえほとんど消されてしまった。

『君の心に眠っている後悔に、……願いに、耳を傾《かたむ》けてあげなさい』

……本当に、消えてしまうんだ。俺も、あと十時間経たないうちに、ああやって……

そう思った瞬間、頭が真っ白《まっしろ》になるようなパニックが俺を襲う。

だけどそれと一緒に、おっさんが残した言葉も、俺の胸に響いた。

ひどく静かに。ひどく、穏やかに。

「……——」

そしたらなんだか、心が静かになった。凪《な》いだ、風のない、海のように。

後悔。……願い。

仕事にかまけて、家族をおろそかにした。友人を、切り捨てた。自分を、大切にしてやれなかった。

そんな後悔は、さっき噛みしめたばかりだった。

だったら『願い』は、どこにあるんだろう。俺は願いを叶えて唐突な実家帰りを果たこしたはずだけど、それ以上の願いは……深い『思い』は、一体どこに……

……ザザンッと、波の音が聞こえた。

その瞬間、ふと、思い出したことがあった。

「……海洋生物学者に、……なりたかったんだよ、なぁ……」

……古い、古い、……まだ俺が『俺』じゃなくて『僕』、なんて言っていた頃の。中学生になるまでは胸に抱いていたのに、高校受験で現実を知って、口に出すことさえバカらしくて、いつの間にか思うことさえなくなってしまった、夢。

結局、叶えることはできなかった。周囲にバカにされるのが怖くて、ついに口に出すことさえできなかった。

……ならばそれが、俺の人生にとっての最大の後悔なのだろうか？

俺はぼんやりと、波が打ち付ける浜辺に視線を落とした。徐々に満ちてくる波が、少しずつ少しずつおっさんが残していった革靴を呑《の》み込もうとしている。

そんな光景を、以前どこかで見かけたような気がした。

「……でも、革靴じゃなくて……海も、もっと明るくて、イヤミなくらいキラキラしてて……」

――やーい、ネクラぁーっ!!

――悔しかったら取ってこいよなぁーっ!!

……そうだ、浮かんでいたのは、落書きだらけの上履きだった。場所もこんな浜辺じゃなくて、小学校近くの、波が防波堤《ぼうはてい》に打ち付けている辺り。

ぼんやりと夜の海を眺め続ける俺の脳裏に、もう何年前になるのかも分からない光景が浮かぶ。

暑かった、と思う。目が痛くなるくらい、海が輝いていた。

『僕』は、いじめられっ子だった。海辺育ちなのに泳げなくて、はっきり物を言えなくて、いつも一人でぼんやり海ばかり眺めているような子供だったから。

田舎は集団意識が強くて、それは子供の気質にも影響を及ぼしていた。仲間の輪の中に上手く入っていけなかった僕は格好の標的で、中学に上がって少し町寄りの学校に通うようになるまでずっといじめられていた。

多分、いつかの年の、夏休み前最後の登校日のことだったと思う。

僕はいじめっ子達に落書きだらけの上履きを奪われて、堤防《ていぼう》の向こうに上履きを投げ捨てられた。なんとか堤防《ていぼう》をよじ登って下を覗くとちょうど干潮の時間帯で、投げ捨てられた上履きはほんのわずかに顔を出した砂浜の上に叩き付けられていた。

――やーい、ネクラぁーっ!!

――悔しかったら取ってこいよなぁーっ!!

いじめっ子達がそうはやし立てたが、僕は結局最後まで下に降りることができなかった。お世辞にも運動神経がいいとは言えない僕ではたとえ下に降りられたとしても上がって来られなくなることは分かり切っていたし、泳げない僕にはじきに迫《せま》ってくると分かっている波が怖くて怖くて仕方がなかった。動きのない僕にシラケたいじめっ子達が帰ってしまった後も、波が満ちて上履きがプカプカと海面に浮かぶようになった後も、僕は堤防《ていぼう》の上に立ち尽くして涙をこらえることしかできなかった。

そんな僕を、母さんが迎えに来てくれて……

「……そっか」

不意に、ストンッと、納得が俺の胸に落ちてきた。

「俺は、海も好きだけど」

真夏の太陽が照り付ける昼下がり。人通りのなかった小学校前の堤防《ていぼう》。

そこまで僕を迎えに来てくれたのは、いつまで経っても帰ってこない僕を心配して様子を見に来てくれた母さんだった。

堤防《ていぼう》の上に立ち尽くして涙ぐむ僕に、母さんは最初何も言わなかった。堤防《ていぼう》によじ登ってきて無言で僕の隣に立った母さんは、僕の視線の先で浮かんでいる上履きを見つけても、しばらく無言のままだった。じっと、僕と一緒にプカプカと浮かぶ上履きを見つめていたんだと思う。

『一也、知っとぉかね？』

母さんが口を開いた時には、上履きは波に連れられて沖へと姿を消そうとしていた。

もしかしたら水を吸い過ぎて沈もうとしていたのかもしれない。

とりあえず、僕の視界から上履きの存在がかすみ始めたくらいのタイミングだったことだけは、覚えている。

『この広い海の中には、たくさんの魚が広々と生きとぉよ。海の中の魚はお互いをいじめたりせぇへん。けどなぁ、その魚を捕まえてきて狭い水槽に押し込むと、途端に強い方が弱い方をいじめだすんやと』

いじめ、という言葉に肩を震わせた僕は、恐る恐る母さんを見上げた。情けなくて母さんに『いじめられている』ということをはっきりと言えなかった僕だけど、きっと母さんは僕が置かれた状況なんてお見通しだったんだろう。

見上げた母さんは、僕を励ますかのように笑っていた。……笑っていたけれど、今にも泣き出しそうな顔をしていた。

『一也。海に比べたら、人間の世界なんてどんなに小さいんやろうねぇ？　そんなちっぽけな人間の世界の、日本っていう小さな島国の、こんな片田舎の小さな小学校のひとつのクラスの中なんて……海に比べたら、そこらの水溜《たま》りなんかよりも、ずっとちっぽけなもんなんやろうねぇ』

母さんが言いたかったことをこの時の僕がきちんと理解できていたのかは、今となってはもう分からない。だけどその言葉が僕の中の何かを変えてくれたのは事実だった。

その年の夏休み、毎年逃げ回っていたプール補習に初めて真正面から挑んだ僕は、夏休みが終わるギリギリにかろうじて二十五メートルプールを泳ぎ切れるくらいに成長した。

そんな僕に新しい上履きと小学生には不相応なくらい立派な海洋生物図鑑を用意してくれたのが、僕の変化を見ても何も言わなかった親父だった。

……そうだ。親父がわざわざ目線の高さを合わせるためにしゃがんで、大きな手で不器用に頭を撫でてくれたのは、この時だったんだ。

『……よぉく耐えた。立派だったな。……今日はもう、母さんの美味い飯食って、さっさと寝ろ』

夏休みの最終日。母さんも智也も愛香も傍《そば》にいない時だった。プール補習合格の証である先生手作りの賞状を握りしめていた僕の頭を、親父は壊れ物を扱うかのように不器用に撫でてくれたんだった。

その労《ねぎら》いの言葉の中にはプールを頑張ったこと以上の『何か』を労う響きがあって。親父も、母さんと一緒で、何も言わないまま僕を見守っていてくれたんだとそこで初めて分かって。その日の晩、僕は嬉しくて、智也と愛香にバレないように必死に布団で隠してこっそり泣いたんだ。

『おにぃ！　そのずかん、しゅごいねっ‼』

『おにぃ！　なにがかいてあるの？　おしえてっ‼』

それから、親父にもらった図鑑は僕の宝物になった。読みふけっていたら自然と海の生き物について詳しくなって、でももっともっと知りたくて、学校の図書館でも海に関わる本ばかり読み漁《あさ》るようになった。そんな僕を智也と愛香は『はかせみたいだね！』と、『カッコイイね！』と、目を輝かせて慕ってくれた。二人がそう言ってくれたおかげでもっと僕は海にのめり込んでいって、いじめっ子達に反応している時間さえ惜しくなっていった。多分、いじめが自然消滅していったのも、友達がいないことが気にならなくなったのも、この時期からだと思う。

『おにぃ、こわいよぉ……』

『おにぃ、うみがおこってるよぉ……』

子供の頃は三人一緒の部屋で寝ていたから、海が荒れるたびに怯える二人に僕は海の面白い話をしてやった。海の広さ、海の豊かさ、海の分からなさ、そんな海に魅せられた人々、そんな人々と海の間から生まれたたくさんのお話。どれだけ海が荒れていても、僕がお話をしてやると二人は夢中で聞き入ってくれた。思えば部屋が二人と分かれた後も、僕……いや、『俺』が家を出ていくまでずっと、嵐の夜は二人とも俺の部屋にお話をせがみに来ていたんだっけ。

『僕』は、……そして『俺』は、そんなことがあったから。そんな思い出があったから。だから、海に関わる大人になりたかった。『海洋生物学者』になりたかったんじゃなくて、多分、家族との思い出が詰まった『海』に関われる大人なら、なんだって良かったんだ。幼すぎた『僕』には『海洋生物学者』以外の『海に関わる大人』がなんなのか分からなかっただけで。そこを目指す理由に気付くことができなくて、さらにその上から思春期の色んな感情がゴチャ混ぜに降り積もって、うやむやなまま『俺』になってしまっただけで。

それだけで。きっと根っこは今でも、すごく単純な話。

「俺は、海が好きだったけど。……それ以上に俺は、家族との思い出が詰まっていたから、海が好きだったんだな……」

ぼんやりと呟く俺の前で、ついに革靴が姿を消した。波に呑《の》まれてしまった革靴の行方を、俺の目で追うことはもうできない。

俺も、あと十時間もすれば、あの革靴みたいに姿を消してしまう。ここにいたという証を残すことなく、色を失って砕け散る。

その結末はもはや変えられない。

それなら、俺は……

帰りたい場所は、どこなのか。

「……帰り、たい」

「……家族の中に、帰りたい」

俺は浜辺の砂の上に力なく放り出していた足に再び力を込めた。手をついて立ち上がり、まず手に付いた砂をはたいて落として、続けてバシバシとスラックスに纏《まと》わりつく湿気《しけ》った砂を力強く叩き落とす。

なんとなく全身綺麗になったかな、と思ったタイミングで手を止めた俺は、一度大きく深呼吸をすると瞳を閉じた。

先に散っていったおっさんは言っていた。『望んだ場所に、願っただけで行ける』と。

だけど俺が望む先は、それだけでは行き着けない。場所そのものには行けるかもしれないけど、真実望んだ場所に行き着くためには、俺自身が変わらないと。

あの夏休みに、少しだけ変わることができた、あの時の『僕』みたいに。

きつく瞼《まぶた》を閉じて、脳裏に行きたい場所を思い浮かべる。意図してこの力を使うのは初めてだったけど、なんとなく失敗はしないだろうと分かっていた。

それを証明するかのようにスッと波の音が遠ざかり、チリッ……ィン……とすぐ耳元で風鈴の音が響く。薄く食事のにおいが俺の鼻をくすぐって、壁を通ることでくぐもった人の話し声が微かに体を震わせた。

目を、開く。

さっきまで浜辺に立っていた俺は、俺が望んだ通り実家の縁側にたたずんでいた。軒《のき》先《さき》に吊《つ》るされた風鈴が、そんな俺を叱りつけるかのようにコツンと短冊を俺の頭にぶつけてくる。

「……そっか。俺、大学出た後も、多少背、伸びてたんだな」

そっと、愛おしさを込めて風鈴を撫でる。暗闇の中で見る風鈴は色彩が鮮明に見えない分俺の記憶にある姿と変わりがなくて、でもほんの少しだけ記憶にあるよりも俺の目線に近い位置で揺れていた。

「おにぃ～！」

「兄貴ぃ～？」

「一也ぁ～、電話、まだ終わらんのかねぇ～？」

その向こうから、俺を呼んでくれる声が聞こえる。

俺はその声に切なさを噛みしめて、それでも抑えきれない笑みを浮かべて、……腹をくくって、みんなの呼び声に答えた。

「るっせ！　仕事の電話の邪魔するなってのっ!!」

そして、一歩を踏み出した。

『異端分子』になってしまった俺が、再び『家族』に戻るための、第一歩を。


【-20】

「ね、ね、ちゃんと写真送れた？」

「んー……。友達登録はできたし、エラーにもなってねぇから、多分大丈夫だと思うけど……」

久々にじっくり風呂に浸かって二階に上がると、双子のにぎやかな声が聞こえてきた。

俺と一緒に実家に泊まることになった弟妹は、なんの疑いもなくかつての俺の部屋に三人分の布団を用意してくれたらしい。そんな『変わらなさ』が妙に心にしみて、俺は一瞬だけ歩く足を止めてしまった。

「てか、おにぃ相変わらずどんくさいよね。仕事用のスマホは持ってきてるのに自分用のスマホは忘れてきたなんてさ」

「それだけ仕事しかしてこなかったってことだろ。察してやれよ」

だけどその隙に差し込まれた言葉で思わず足が前に出た。レトロな襖《ふすま》をガラッと開けば、布団の上でくつろいでいた弟妹がほとんど同じモーションでこっちを見上げる。

「……悪かったな、どんくさい仕事人間で」

「あ。おにぃ、お帰り」

「兄貴、どうだったよ？　久々の実家の風呂は」

「……まぁ、悪くはなかったな」

俺の答えに、双子はキシシッと全く同じ笑みを浮かべた。本当にその笑みが心底嬉しそうで、俺もつられて思わず笑ってしまった。

「てかせっま！　よくここまで布団詰め込んだな」

「元々俺達が使ってた部屋よかこっちの方が広いと思ってさ」

「というか、今母さん達、下の仏間で寝てんだな。風呂上がったらもう寝てて驚いたわ」

「お父さんの足が悪くなってから、寝起きのたびに階段上がるのはしんどいだろうって話になってさぁ。智也、あれ何年前の話だったっけ？」

「ん～……。兄貴が就職してしばらく経ってからじゃなかったか？　愛香が専門行ってる頃だっただろ、確か」

つれづれと続く話に耳を傾《かたむ》けながら、俺は布団で埋め尽くされたかつての私室に足を踏み入れた。

二階に部屋は三つあって、ひとつを俺、もうひとつを双子、最後のひとつを両親が使っていた。俺の部屋は俺の大学進学を機に智也が使うようになっていたらしいけど、なんとなく智也に遠慮があったのか、もっと単純に落ち着かなかっただけなのか、智也はこの部屋をあまり使ってはいなかったらしい。二人とも就職と同時に家を出て、両親は寝室を下に移したという話だから、二階で人が寝るのは久し振りという話だった。

「あ、そうそう。写真、送っといた」

来客用の布団の慣れない感触に戸惑う俺に智也が手にしていたスマホを軽く振ってみせた。そんな智也に俺は、心の底から感謝を向ける。

「悪《わり》ぃな。手間かけた」

「ほんとだよぉ～！　実物目の前にあれば瞬殺だったのにさぁ～！　なんで遠出だっていうのに私用のスマホ忘れるかなぁ～⁉」

「愛香は何もしなかっただろ」

「だってあたし、分かんないしぃー！」

『あの、さ』

海辺から再び食卓に戻ったあの時。

俺は、酒が回っている家族に向かって、覚悟とともに口を開いた。

『家族写真、……撮らないか？』

しばらく席を外して、戻ってきた途端にこれだ。酒が回って騒いでいた愛香も、そんな愛香をいなしてマイペースに食事をしていた智也も、騒々しい二人にキレていた親父も、そんなみんなを楽しそうに見ていた母さんも、キョトンとした顔で俺を見上げた。

『あ、お、……俺、さ。ほら、仕事忙しいじゃんか？　次いつこっちに顔出せるか分かんねぇし、……智也と愛香に結婚の話が出てんなら、余計にこんな風に全員が揃うのなんて、難しくなるかもしれないだろ？　そう思ったら、記念に写真の一枚でも撮りたいなぁ～……なんて、思って……』

しどろもどろで説明したが、なんだか思っていた以上に感傷的な言葉になってしまった自覚はあった。本当はもうちょっと、軽い切り出し方で言えれば良かったんだけども。

恥をかき捨てにできる、と。あのおっさんは言っていた。だったら、断られるのも怪しまれるのも覚悟の上で切り出してみたっていいと思ったんだ。

俺が消えてしまう前に、この家族の中に俺がいたんだっていう証を、形のあるものとして残しておきたかったんだ。

『……おい』

一番最初に口を開いたのは、意外にも親父だった。低く不機嫌そうな声は、なぜか俺ではなくて愛香に向けられていた。

『お前のスマホでなんとかできんのか』

『え？　……あ、写真？　セルフタイマー？』

『何っていうかは知らん。なんでもかんでも写真に撮りまくるお前なら、なんとかできんだろ』

『可愛い物を発見したらスマホに納《おさ》めるってのは、年頃の女の子にとってはジョーシキなのっ!!』

『んなジョーシキ知るけぇ』

親父の意外な発言に俺が目を瞬《しばたた》かせている間に愛香はスマホをセットできそうな場所を探し始めていて、親父は不機嫌そうな顔のまま心持ち姿勢を正していた。そんな二人を見て母さんが嬉しそうに歓声を上げて、智也は親父の隣にいそいそと椅子を移動させ始める。

『家族写真を撮るなんて、一体何年ぶりやろうねぇっ！　スマホで簡単に写真を撮れるようになったんやもの。確かに撮っとかな損やねぇっ!!』

『え……いい、の？』

『言い出しっぺの兄貴が何言ってんだよ』

　智也は椅子を移動させ終わると、自分は座らずに俺の肩を押した。勢いに押された俺は思わず素直に親父の隣にセッティングされた椅子に腰を落とす。

『この十年、実家《ここ》に寄り付こうとしなかった兄貴がこんな可愛いワガママ言うなんてねぇ。気が変わらねぇ内に写真撮りまくっておかねぇと』

『あ。ナイスぅ、智也ぁ。その位置ならここにスマホ置けばバッチリっぽい！』

　そんなやり取りで、写真撮影大会は幕を開けた。俺は集合写真が撮れればそれで良かったのに、なぜかテンションを爆上げしてしまった愛香と母さんが遠足のスナップ写真を量産するかのごとくピン写真から台所の風景まで何枚も何枚も写真を撮っていた。その影に隠れて智也も隠し撮りをしていたみたいだから、三人総計で何枚写真を撮ったのか分からない。

　それを愛香と智也はメッセージアプリで共有してくれたらしい。俺のスマホが手元になくてもアカウントを繋げる方法があったらしく、話を聞くに智也が全てを解決してくれたようだ。『仕事の電話』と言って席を外したくせに『スマホが手元にない』という矛盾した状況を切り抜けるために『仕事用のスマホしか持ってきていない』という苦しい言い訳をしたのだが、そこをあまり深く突っ込まれなくて良かったなと心底俺は安堵している。必要最低限にしかスマホを使っていない俺よりも、こいつらの方が世のスマホ事情に詳しいみたいだから。

「そういやお前ら、今日は最初からここに泊まるつもりで来てたのか？」

俺は三つ並べられた布団の真ん中に腰を下ろすと気になっていたことを口にした。……一番奥に二人が転がっていて、手前の布団には愛香の鞄が置かれていたから、多分俺は真ん中の布団で寝ろ、ということ、なのだろう、多分。

「ん？　あたしはたまたまというか……。車で来てたの忘れてお酒飲んじゃったからさぁ～」

「俺は最初から泊まるつもりだったよ。明日はこっちから出勤しようと思って、ちゃんと着替えも持ってきたし」

「えっ⁉　そうだったのっ⁉」

「どーせ愛香は俺につられて酒飲んじまってから気付いたんだろ？」

「まさかそこまで予想済みだったのっ⁉　言ってくれればよかったじゃーんっ‼」

「はいはい、ウルセーウルセー」

……正直言って、こうなってくれたのはありがたかった。二人が無理して帰ろうとしたら、なんとか引き留《と》めようと思っていたくらいだし。

夜が明ければ俺は、消えてしまうから。家族と話せる時間はもう、今晩しか残されていない。

みんなが次に目覚めた時、きっと俺はもう、この世界にいない。

歳がいってる両親に無理は言えない。だったらこいつらと、十年分の話が……十年分は無理でも、その間を少しでも埋められるような話ができないかと、思っていたから。

「……なぁ、聴かせてくれないか」

ギャーギャーと言い争っていた双子が、キョトンと俺を見上げる。その仕草がほんと昔から変わってなくて、俺は思わず笑ってしまった。

「深雪さんと、康文さんのこと。……新しい家族に、なる人のことを」

俺の言葉に、二人はキョトキョトと目を瞬《また》かせた。そこまでの反応は全く同じだった。

だけど次の瞬間、愛香はカーッと顔を真っ赤に火照らせ、智也はニヤーッと実に……なんと言うか、なんとも言えない笑みを浮かべた。

「ちょっ……ちょちょちょヤスくんと結婚するかどうかはまだ決まってな……っ!!　あっ!!

は、話だけはチラッと出たかもだけどでも本当にそうなるかどうかは……っ‼」

「なに、兄貴聞いてくれる？　俺の深雪の話聞いてくれる？」

慌てふためく愛香と、どうやら照れながらも話したくて話したくて仕方がない智也は、どちらも譲ることなく勢い良くそれぞれのパートナーの話をし始めた。

康文さんは、愛香の店の常連さんだったらしい。小さな会社を経営している社長さんだそうだ。愛香と知り合うきっかけになったのは、なんと愛香のヘアカットのミスからだという。愛香が想定以上に康文さんの髪をバッサリカットしてしまい、そんな自分の髪型がツボって死にそうなくらい大爆笑した康文さんが以降も愛香を指名するようになり、そこから交流が始まったという。

深雪さんは、智也の高校の先輩であるらしい。野球部のマネージャーだった深雪さんが高校を卒業する時に智也に告白してくれて、それからの付き合いなのだという。野球部のマドンナだった深雪さんからの告白ということで、部の人間にバレたら殺されかねないと思った智也は、自分が高校を卒業するまでの一年間、徹底的に深雪さんとのお付き合いを周囲に隠し続けたそうだ。

自分のパートナーの話をする二人は、どちらもとても優しい顔をしていた。嬉しそうで、幸せそうだった。

――……いい人と、出会えたんだな。

俺はもう、会うことはないのだけれど。本当は、直《じか》に会ってこいつらのことを頼みたかったけれど。

でも、こいつらが幸せになってくれるという確信を抱けただけで、俺は泣きそうなくらい嬉しかった。

「今日、兄貴の写真をしこたま撮れてよかったよ。これでやっと深雪に見てもらえる」

「てかさー、おにぃにはそういう相手っていたりしないのぉ？　ほんとにずっと仕事ばっかだったわけぇー？」

「残念ながらな」

「えーっ⁉」

「つまんねぇの」

「……お前ら、俺の言葉を疑ってたのかよ……」

その後も、つらつらと四方山話《よもやまばなし》は続いた。

俺のこと、智也のこと、愛香のこと。仕事のこと、友達のこと、両親のこと。同僚のこと、ご近所さんのこと、それ以外のこと。

たくさん話したし、たくさん聴いた。どれだけ話しても言葉は尽きないし、どれだけでも耳に言葉は入ってきた。どんな言葉も心に染《し》みた。かつての日常はこんなに穏やかなものだったのかと思ったし、こんな時間がもっと続けばいいのにと願った。

だけど、永遠に続くものなんて、何もない。どこにも、ない。

「……胎児が母親のおなかの中にいる時に浸かっている羊水は、海水と組成《そせい》が似てるんだとよ。今でも俺達人間は、海から生まれてくるってことだな」

すぅ、すぅ、と二人分の寝息が聞こえる中、俺の声だけが密やかに響いていた。

「地球最初の生命は、深い海の底で生まれたんだ。その頃の地球はまだオゾン層が薄くて、陸上はとても生命が生きていけるような紫外線量じゃなかったから。海に守られて、命は生まれたんだな」

うつら、うつらと舟をこいでいたくせに、『寝たくない』『眠たくない』『もっと話す』と二人して駄々をこねたこいつらを、『風邪引くからとりあえず布団に入れ』とそれぞれの布団に放り込んでから二十分が過ぎていた。俺の命令を受け入れる代わりに二人が所望してきたのが『おにぃの海の話』で、俺はこの二十分間、聞いているのかいないのかも怪しい二人に向かって、徒然《つれづれ》と思いついたままに海の話を聞かせている。

「世界にはそこかしこに『水葬』っていう文化があってな。海葬《かいそう》とか、舟葬《しゅうそう》とかいう言い方もあるらしい」

昔から、そうだった。

眠たいくせに『もっとお喋りをしていたいから起きている』と駄々をこねる二人を布団に押し込めるたびに、二人は『じゃあ布団には入るから、おにぃは自分達が眠るまで海の話をして』と要求してきたものだった。

――……そうだったな。海が荒れてる時だけじゃ、なかったな。

「海の向こうにあの世があるって考えた昔の人達は、魂を向こうの世界に帰すために、海や川に死体を流すってことをしてきたんだってさ」

忘れてしまっていたくらい、ささやかだった出来事。

そんな『ささやかだった出来事』を思い出せて、良かった。もう一度こいつらに『海の話』を聞かせてやることができて、良かった。

俺は言葉を止めると二人の寝息に耳を澄ませた。すぅ、すぅ、と安定した寝息は、二人の意識が完全に落ちたことを俺に教えてくれる。

そっと、視線を落とす。それぞれ俺の布団との境界ギリギリまで枕を寄せて、片手を外に出して内側を向いて寝落ちた二人は、まるで合わせ鏡を見ているかのようにそっくりだった。……本当に、そんなところまで昔からちっとも変わっていない。

二人の寝顔を、きっとそれぞれのパートナーは、もう知っているのだろう。だけど。

「……こいつらがこんなにそっくりなのを知ってるのは、きっと……」

自分の顔がクシャリと歪《ゆが》んだのが分かった。なんとか目元に力を込めて、そんな自分を叱咤《しった》する。

泣いている暇なんてない。まだ、やらなければならないことが残っているんだから。

俺は二人の手を布団の中にしまってやると部屋の電気を消した。そっと目を閉じて、移動したい先を願う。

スッと二人の気配が消えて、ひどく静かな空間に移動したのが分かった。目を開けると、自分が真っ暗《くら》な狭い部屋の中に立っているのが分かる。

食べ終わったコンビニ弁当やカップラーメンの容器が乱雑に置かれたテーブル。やたら生活感がにじむエリアの外側はやたら生活感がないワンルームのアパート。極めつけは床に散らばる大量の砂。

一瞬目を閉じて願っただけで、俺は自分が住んでいたアパートの部屋の中に立っていた。

「……急がねぇと」

小さく呟いても、答える者は誰もいない。

——……こんなに寂しい部屋で、俺はずっと暮らしてたんだな。

一瞬だけ湧き上がった感傷を振り払って、俺は目的の物を取り出すためにクローゼットに向かった。

【-24】

夏の夜明けは、早い。始発電車を捕まえるために駆け抜ける道がすでに明るいことさえある。

日本の中でも南の方が夜明けが早いのかと思っていたけれど、それは間違いだったらしい。ならば日本の中でもより東に位置する地域の方が夜明けが早いのだろうか。

スマホの右上に表示される時間を眺めて、俺はそんなことを思っていた。まだ暗闇が占拠している食堂に、俺の手の中にあるスマホがぼんやりとした灯《あか》りを落としている。

メッセージアプリが開かれた画面の中では、新しく作られたアルバムが表示されていた。ここに腰を落ち着けてもう何度も繰り返しスクロールさせたアルバムを、俺は最後にもう一度眺めて画面を落とした。

「……さて」

小さく呟いて、腰を上げる。机の上に放り出した鞄を手にしてネクタイを締め直すと、いつも通りの俺が……いつもより少しだけシャキッとした俺が、そこにいた。

「……行くか」

一度視線を食卓に落として、用意した祝儀袋《しゅうぎ》が二つ、ちゃんとそこに並んでいるかを確認する。もう何度も確認された祝儀袋《しゅうぎ》は『あとは任せろよ』と言わんばかりの泰然自若さで俺の目に映った。

一度アパートに飛んで、慌てて出掛けたコンビニで買った祝儀袋《しゅうぎ》だから、外身がそっけない上に中の金額と釣り合っているとは言い難《がた》い代物《しろもの》だ。そこは急ぎであることを考慮して許してほしい。中身が新札じゃないのも、ご祝儀《しゅうぎ》と一緒に突っ込んだ手紙の便箋《びんせん》がいかにもありあわせなのも、笑って許してくれないだろうか。金額だけは奮発したのだから。

「……笑って、は。………どのみち、無理か」

弟妹が寝落ちたことを確かめてからアパートに飛んだ俺は、財布とキャッシュカードをひっつかんで近くのコンビニに走った。コンビニのATMで引き出せるだけ金を引き出し、祝儀袋《しゅうぎ》と便箋《びんせん》とボールペンを買ってアパートに戻った。二人の結婚式に出席することはもうできないから、せめて奮発したご祝儀《しゅうぎ》と、兄として今後の人生のアドバイスと、……今までの感謝を伝えるための手紙を用意した。

智也と愛香に手紙を書いたら、やっぱり両親にも手紙を残したくなった。智也と愛香、それぞれに宛てた手紙に思ったよりも時間がかかってしまったから一瞬スマホのメッセージにしようかとも思ったけど、やっぱりちゃんと便箋《びんせん》に手書きで手紙を書いた。スマホのメッセージは手軽で手書きに比べれば早く書けるけど、データが飛んだりスマホが壊れたりしたら、跡形もなく消えてしまうから。そんなの、俺だったらきっと、悲しくて悲しくてやりきれない。

両親に宛てた手紙は、二つの祝儀《しゅうぎ》袋の隣に置いた。祝儀《しゅうぎ》袋よりも存在感が薄い手紙の封筒は、まるで兄弟達に庇われた末っ子みたいだった。

三つの封筒を用意した俺は、アパートでスーツに着替えた。仕事用の鞄と、スマホと、通勤用の革靴も今度はちゃんと持ってきた。

パジャマ代わりに借りた親父の寝間着は布団の上に置いてある。祝儀《しゅうぎ》袋と手紙は食卓に置いた。スーツよし、鞄よし、スマホよし。靴は玄関に置いてある。

忘れ物は、もうない。

俺は一度グッと奥歯を噛みしめて、真《ま》っ直《す》ぐに前を向いた。薄く光が入りつつある家の中を、玄関に向かって静かに進む。

ふと、みんなの顔をもう一度見たいと思った。きっとまだ寝ているだろうけど、最期に顔を見てさよならを言いたい衝動に駆られる。

だけど俺はその衝動を、一瞬だけ足を止めることでかき消した。

——……何度見たって満足しないって、分かってるだろ？

アパートからこっちに戻ってすぐ、みんなの寝顔を眺めて回るというのはやっていた。寝間着を置きがてら智也と愛香、食堂に向かうまでに親父と母さん。みんなよく寝ていた。揺り起こして『もうこれが最期のチャンスなんだよっ!!』と叫び出したかった衝動が、みんなの寝顔を見るたびに消えていったくらいには。

それがなんだか嬉しくて、なんだか安心できて。……同じくらい、切なかった。

——……行こう。もう、時間がない。

自分が消える場所はもう決めてある。『消えた』という証拠が残る場所で最期を迎えたくはなかった。みんなにその瞬間を見られたくないというのと、どうせなら還《かえ》りたい場所があったから。

玄関に用意しておいた革靴に足を通して、つい癖でトントンと爪先を床に打ち付ける。足に靴が馴染んだ感触を確かめて、玄関の鍵を開ける。

「一也」

その瞬間、声が聞こえた。

まだ声が響くはずがない、早朝の実家の玄関に。

「家を出る時は、ちゃんと『行ってきます』って、言わなあかんやろ？」

いじめられていた『僕』の背中を支えてくれた時と同じ柔らかさで、母さんの声が聞こえる。

「そんな基礎基本的なことまで社畜生活で忘れちまったのかよ」

「んもぅ、おにぃ、ほんっとどんくさいんだから」

ポンポンと変わらない威勢の良さで、智也と愛香の声が聞こえる。

「家族に『行ってきます』の一言も言わんとは何事だ、こんの親不孝モンが」

俺をこの家で迎えてくれた時と変わらない不機嫌さで、親父の声が聞こえる。

──なんで。どうして。

振り返りそうになって、すんでのところで留《とど》まった。

今振り返ったら、きっと泣いてしまう。泣き叫んで、すがって、洗いざらい喋って。

みんなの目の前で砕けて消えてしまう瞬間まで、ここに居続けてしまう。

それは……それだけは、ダメだ。

「……っ！」

口を開いたけれど、喉も唇も震えて言葉が出なかった。刻々と明るさを増していく玄関で、家族に背中を向けたまま俺は立ち尽くす。

「……何も、言わんでいい」

そんな俺の背中に、ポツリと親父は言葉を向けた。

「言わんと決めたなら、言わんでいい。ただ顔を見せて、『行ってきます』と言やぁ、それでいい」

その言葉に、震えていた喉が勝手に息を呑《の》んだ。

「どれだけ離れとろうが、ここがお前の実家だ。……もう帰って来れなかろうが、お前は家族だ」

振り返ってしまう体を、今度は止められなかった。

いつかあった日のように、玄関に立った俺は後ろを振り返る。そこにはいつかあった日のように親父がいて、母さんがいて、智也がいて、愛香がいた。

みんなが穏やかに笑って、俺の見送りに出てきていた。

「家族に見送られて家を出る時にゃあ、ちゃんと『行ってきます』って言わならん。……そう教えたろうが」

不意に、視界がぼやけた。ボロボロと零《こぼ》れる涙が止まらない。勝手に引きつる呼吸が止まらない。しゃくりあげる肩も、ダラダラ流れる鼻水も。

「いっ……！　ひ、っく‼　…いっ、ぅ……っ‼」

きっと情けない顔になってる。カッコなんて全然つかない。

……でも、それでいいじゃないか。

家族の前で、カッコなんて、最初からつくはずがないんだから。

俺はスーツのジャケットの袖《そで》でグイグイと目元と鼻を強引に拭《ぬぐ》った。晴れた視界の先でみんなも俺と似たような顔をしていたことに気付いて、今度は勝手に笑みがこぼれた。

もう泣いてんだか笑ってんだか、意味が分からない。

「行って、……っ‼　行って、きます……っ‼」

「おう」

「行ってらっしゃい」

「気ぃつけろよ」

「またねっ‼」

最期の挨拶に、俺の家族は明るく応《こた》えてくれた。その声に背中を押されて、俺は明るくなり始めた外へ出る。

数歩進んでから、足を止めないまま目を閉じて、思い出深い海岸を思い浮かべる。瞬きを終えた後の俺は、昨日の夜おっさんを見送った海岸に立っていた。

水平線の向こうから、今日も無垢《むく》な朝日が昇《のぼ》る。

一瞬その太陽を見つめて、俺は海に向かう足を止めないままもう一度スマホのメッセージアプリを開いた。

新しく追加されたアイコン。新しく招待されたグループライン。新しく作られたアルバム。

その中に俺がいる。

笑っていた。俺だけじゃなくて、写ったみんなが全員。このアルバムが、家族みんなのスマホの中にもある。

その嬉しさを最期にもう一度噛みしめて、俺は勢いよくスマホを海に向かって投げ入れた。俺の革靴はもう波先を踏んでいたから、全力投球したスマホはかなり沖合《おきあい》まで飛んでいった。後を追うように鞄も遠心力を使って海の中に投げ込む。スマホ並みとはいかなかったけれど、あれだけ沖合《おきあい》まで飛んでいったら、もう浜辺まで返ってくることはないだろう。

『君の心に眠っている後悔に、……願いに、耳を傾《かたむ》けてあげなさい』

――後悔はないか。やり残したことはないか。

昨日ここで見送ったおっさんの言葉が、耳の奥でこだまする。

「そんなの」

その声に俺は、声を上げて答えた。

「あるに決まってんじゃん」

もっと家族と一緒に過ごしたかった。俺をゴミクズみたいに使い倒す職場に辞表を叩き付けてやりたかった。昔の夢を追いたかった。俺も新しい家庭を築くパートナーを見つけたかった。もっと自分を大切にしてやりたかった。

深雪さんに『不肖《ふしょう》の弟を頼みます』って言いたかったし、康文さんには『貴様に妹はやらん』とかウザ絡みしてやりたかった。それぞれの結婚式で嬉し泣きをして、姪っ子や甥っ子が生まれたらもっと泣いて、デロッデロに甘やかして『一也おじさん』とかって言われてみたかった。両親が年老いて自然に息を引き取るのを見送って、その現場で大人げなく声を上げて泣きたかった。誰かとの間に子供をもうけて、育てていきたかった。それで、最期には布団に横たわって、みんなに大号泣されながら見送られたかった。

誰が予想したって言うんだ。こんな三十代前半で、社畜のまま、いきなり砂になって崩れて消えてしまうなんて。

「だけど、……だけど、俺は」

ひたすら沖に向かって進み続けたら、足が海水に浸かり、腰が浸かり、最終的に胸まで波が上がってきた。体のどこかからピシッ、パキッと、ガラスが割れるような音がする。

「満足だ」

水を吸ったスーツが重い。顔にかかる波の飛沫《しぶき》がしょっぱい。もしかしたら口に入っているのは涙かもしれない。でもきっと、どちらも同じことだ。

だってヒトの体は、海と同じ成分でできているんだから。

「後悔だらけの人生だって分かったから、……とっても、満足だったよ」

俺の還《かえ》る場所は、家族の中じゃなかった。

だって俺は、最初から『家族』から出ていったわけじゃなかったから。異分子だなんてとんでもない。

俺は今でも、そしてこれからも。ずっとずっと、みんなと家族なんだ。

それが分かった。

そのことが、こんなにも、こんなにも、心を満たして、幸せをくれる。

「幸せ、だったよ」

震える喉が、パキンッと割れる。

その一瞬前に俺は、『俺』として世界に刻む、最期の言葉を口にした。

「……ありがとう」

全てが砕けて、海に還《かえ》る。

その最期の最後に俺は、幸せに笑っていたことを自覚した。

【……】

ザンッ……ザザンッ……と、耳に馴染んだ音が体を包む。今では身に馴染んだ音だけど、昔はこの音が怖くて怖くて仕方がなかったんだったっけ。

ふとそんなことを思ったのは、繋いだ手の先にある小さな体がビクッと大きく震えたからだった。視線を落とすと小さな娘は涙目になりながらあたしの体に小さな身体を隠している。少し前までは海が見えるところに出ると大泣きしていたから、これでも大した進歩だと思う。

あたしは足を止めるとそっとしゃがみ込んだ。そんなあたしの動きにもビクッと震えた娘は、あたしが微笑みかけると耐えかねたかのようにあたしの首に抱きついてくる。

「深凪《みなぎ》ちゃん。お姉ちゃんのお迎え行くの、やめる？」

海が信じられないくらい凪《な》いでいた穏やかな日に産まれたから、深凪。安直なネーミングかもしれないけれど、あたしはすごく気に入っている。この子も、将来気に入ってくれたらいいなぁって思ってる。

波が穏やかな日に産まれたせいなのか、あたしとヤスくんの二人目の娘は一人目の娘よりも海を……とりわけ波を怖がった。嵐の夜なんて大変だ。外で荒れる波風が聞こえないくらい娘の方が荒れる。

抱き上げて、とんとんと背中を叩きながら優しく問いかける。ここで音を上げるかなぁー、なんて思ってたんだけど、少し考え込んだ娘は意外なことにフルフルと首を横に振った。

「帰らないの？」

「ねぇね、むかえに、いく……」

「そっか」

そんな小さな変化に子供の成長を感じながら、あたしは歩き始めた。娘をトン、トン、トンとあやしながら。

……そういえばあたしにも、あったな。

あたしも、昔は海が怖かった。近付いたら波がグワッ!! って大きくなって、飲み込まれちゃうんじゃないかって思ってたんだよね。確かめたことはないけど、多分智也も似たようなことを思ってたと思う。

それでも、……いつのことだっただろう。どうしても浜辺にいるおにぃを迎えに行かなきゃいけなくなって……、夕飯時だったからかな？　それとも家の鍵を開けてもらうため、だったかな？　とにかく、押し寄せる波に涙目になりながら、智也と二人で手を繋いで、浜辺にいるおにぃを呼びに行ったことがあった。

行きは涙目で駆け抜けた。でも、その帰り道にはもう、波が怖くなくなっていた。

あれは、おにぃがあたしと智也の手を繋いでくれたっていうのもあるけど、おにぃがしてくれた波のお話が楽しかったからで……

「深凪ちゃん。海にはどうして波があるのか、深凪ちゃんは知ってる？」

その記憶をたどるように、ゆったりとあたしは唇を開いた。興味を示した娘がキョトンとした顔であたしのことを見上げてくる。

「それはね、風が吹いてるから、なんだって」

「かぜ……？」

「そう。風さんがピューピューってするから、海はザブンッザブンッって言うんだよ」

「？」

あたしの言葉に娘は疑問を顔一杯に広げて海を見つめた。

娘が何を疑問に思っているのか分かったあたしは、娘に向かって言葉を続ける。

「でも今は、風さんピューピューしてないよね？」

「してない！」

よし！　喰い付いた‼

「今、海をザブンッザブンッって言わせている風さんは、ずっと遠い場所で吹いてるんだよ」

「？」

「海はね、すごく、すごく、すご－く広いから、色んなところで風を捕まえて、ザブンッザブンッって波を作るんだよ」

――海はみんな繋がってるんだ。今見えてる海を真《ま》っ直《す》ぐに進むとどこに行き着くか知ってるか？　アメリカやらブラジルやらが、この海の向こうにはあるんだぞ！

「波はね、遠くからの風さんのお便《たよ》りを、ここまで届けてくれているんだよ」

――海は広い。色んなところでたくさんの風を捕まえて、それを波という形でここまで伝えてくれるんだ。それってなんだか……

「ね？　なんだかワクワクしない？」

記憶の中のおにぃの言葉をなぞるように言って娘を見下ろすと、娘の表情がさっきまでと変わっていた。

キラキラしていた。きっと幼い娘には、あたしが言っていることのほとんどが伝わっていないだろう。どこまで理解できているのか、そもそも理解できる部分があったのか

あたしの娘にまでワククワクをくれるんだ。


も分からない。

　それでも、娘にとってもう、海や波は怖いだけの存在じゃなくなった。

　あの時、あたしがおにぃからこの話を聞いた時のように。

「……すごいね」

　――すごいね、おにぃ。おにぃのお話は、あたしと智也だけじゃなくて、あたしの娘にまでワクワクをくれるんだ。

　……七年前の、夏の日。

　おにぃは、砂になって消えてしまった。いきなりおにぃが実家に帰ってきたあの時、おにぃはすでに砂状病で死んでいたんだって、あたし達は後から、警察の話を聞いて知った。

　絶対に何かあったんだろうって、『一也が帰ってきてる』って、お母さんから電話をもらった時から分かっていた。

　だっておにぃは、どれだけ辛いことがあっても、絶対に泣かない人だったから。子供の頃からそう。あたしの記憶の中のおにぃは、いつだってあたし達を引っ張ってくれるヒーローだった。

　そんなおにぃが、ボロ泣きしながら家を出ていったんだ。……ううん、その前から、……

それこそ、居間で寝こけてたおにぃを一目見た瞬間から、異常には気付いていたんだ。『これは何かあったんだな』って。『何か取り返しのつかないことがあったんだな』って。十年離れてたけど、一発で分かった。だって、あたしは、おにぃの妹なんだから。

それでも、あたしは……あたし達は、おにぃのその『何か』を訊《き》かないという道を選んだ。みんなで示し合わせて決めたわけじゃない。ただみんながみんな、自分の判断で『訊《き》かない』という道を選んだだけ。

その判断が正しかったのか、あたしはいまだに分からない。きっと、死ぬまで分からないと思う。

分からないけれど、ずっと向き合っていきたいと思っている。それがあたしなりの、おにぃへの弔《とむら》いだと思うから。

――ね？　おにぃ、それでいいかな……？

何が正解で、何が不正解なのか。そもそも正解があるのかも分からない。だけど。

……あたしの記憶の中にいるおにぃは、笑ってくれた。あの、最後に見せてくれた、ボロ泣きしながら見せてくれた笑顔で。

砂状病を発症した患者は、発症して体が崩れたのち、二十四時間だけ、生前と同じ姿で、己が望んだ場所で行動することができる。

その時間を使って、おにぃは最期にあたし達に会いに来てくれた。十年会っていなかった、あたし達家族に。

その意味を噛みしめようとして……結局今でも噛みしめ切れていないあたしは、おにぃに手を引いてもらっていた頃と、何も変わっていないのかもしれない。

「あ！」

そんなことを思いながら浜辺を歩いていたら、明るい声が聞こえてきた。ハッと顔を上げれば、ピョコリと立ち上がった人影が元気に手を振っている。

「おかあさん！　深凪っ!!」

「美波《みなみ》、どう？　何か面白い物は取れた？」

「うんっ!!　智也おじさんがねっ!!　これはガラスなんだよっておしえてくれたよっ!!」

そう言って一人目の娘はニコニコと笑う。『早くきてぇ～っ!!』と叫ぶ娘は、誰に似たのか海が大好きだった。まだ今年小学校に上がったばかりの娘を一人で遊ばせるのは危ないから、いつも両親に付き合ってもらっているんだけれど、体力的に両親もそろそろ限界なのかもしれない。

「智也、悪いね。見ててもらっちゃって」

「ヘーキヘーキ。俺んとこのついでだから」

すっかりパパの顔になった智也が己の傍《かたわ》らに視線を落とす。そこにはペタリと浜辺にお尻を落として一心不乱に砂山を作っている智也の息子がいた。

「ね！　ね！　おかあさん!!　一也おじさんがこの海のむこうにいるって、ほんとっ!?」

駆け寄ってきた美波があたしの服の裾を引っ張りながら勢いよく訊いてくる。その質問に、あたしは思わず息を呑《の》んだ。

「智也おじさんがおしえてくれたの。一也おじさんは、海のむこうにいったんだって。波は、一也おじさんのお手紙を乗せて運んできてくれるんだって」

……おにぃが最期の最後をどこで迎えたのかは、結局分からずじまいだった。おにぃを送り出した後、やっぱりその場に留《とど》まっていられなくて表に飛び出したあたしだったけど、もうその時にはおにぃは家の周りから姿を消してしまっていたから。

でも。

……でも、あたしが知ってるおにぃなら。おにぃが変わっていなかったなら。

多分、おにぃは最期に、海に還《かえ》ったんだと思う。

「……じゃあ今から、みんなにそのお話をしようか。おかあさんのおにぃ……一也おじさんはどこにいるのか。海の向こうには、何があるのか」

「おはなしっ!?　おかあさんのおはなし、あたし、好きっ!!」

智也の隣に腰をおろすと、長女があたしと智也の間に割り込むように座った。あたしの腕の中に納《おさ》まったままの次女も静かに瞳を煌《きら》めかせているし、興味がなさそうにしていた甥っ子まで智也の膝によじ登ってあたしを見ている。

「え～、おっほん！」

……ねぇ、おにぃ。繋がっていくね。

今でもおにぃは、あたし達の家族だよ。おにぃがしてくれたたくさんのお話は今でもあたし達の中にたくさん残っていて、あたし達を通して子供達の中にも降り積もっていくよ。

あたし達、今でも繋がってるよ。

もう帰って来れなくても。別々の場所に離れて暮らすようになっても。新しい家族が何人増えても。

あたし達、ずっと、ずっと、これから先も。海に還《かえ》ってもずっと。

家族、だよ。家族、なんだよ。

「海の向こうには何があるのか？　今では飛行機でバビューンッ!!　と簡単に海の向こうに行けるけれど、飛行機も大きな船もない時代の人にとっては『海の向こう』っていうのは不思議がいっぱいな場所だったの。昔の人はたくさん海の向こうについて考えていてね。『海には端っこがあって、そこまで行っちゃうとこの世界が乗っているテーブルから落っこちちゃうんじゃないか』とか『化け物が住んでいるに違いない』とか、色々考えていたんだよ。それでね……」

家族の話を、あたしはたくさんしよう。家族があたしの中に残してくれた、たくさんのお話を。

あたしが紡《つむ》ぐ海のお話は、風に乗って消えていく。

海は広いから。風は、その海に波を作るから。

きっとその波が、広い広い海になったおにぃに、あたしの声を伝えてくれるだろう。

そんな思いを笑みに乗せて、今日もあたしは海のお話を、家族に向かって紡《つむ》いでいくのだった。

「今日からわたくし玉藻薫は、人間をやめて、キツネに戻らせていただくことになりました!」京都でOLとして働いていた玉藻薫は、恋人との別れをきっかけに人間世界に別れを告げ、アヤカシ世界に舞い戻ることに。実家に帰ったものの、仕事もせずに暮らせるわけでもなく……薫は『アヤカシらしい仕事』を求めて、祖母が住む京都裏町を訪ねる。早速、裏町への入り口「土御門屋」を訪れた薫だが、案内人である安倍晴彦から「祖母の家は封鎖されている」と告げられて――?

◉定価：726円（10%税込）　◉ISBN:978-4-434-28382-6　◉Illustration：シライシユウコ

晴明さんちの不憫な大家《せいめいさんちのふびんなおおや》 1~4
著 烏丸紫明
karasuma shimei
祖父から引き継いだ一坪の土地は――
幽世《かくりよ》へとつながる
不思議な扉でした
やたらとろくな目にあわない『不憫属性』の青年、吉祥真備《きちじょうまきび》。彼は亡き祖父から『一坪』の土地を引き継いだ。実は、この土地は幽世《かくりよ》へとつながる扉。その先には、かの天才陰陽師・安倍晴明《あべのせいめい》が遺した広大な寝殿造の屋敷と、数多くの"神"と"あやかし"が住んでいた。なりゆきのまま、真備はその屋敷の"大家"にもさせられてしまう。逃げようにもドSな神・太常《たいじょう》に逃げ道を塞がれてしまった彼は、渋々あやかしたちと関わっていくことになる――
晴明さんちの不憫な大家
祖父から引き継いだ一坪の土地は――
幽世へとつながる不思議な扉でした
第2回 キャラ文芸大賞 あやかし賞
◎各定価：1~2巻 704円・3~4巻 726円（10%税込）
©illustration：くろでこ

「俺は、話を聞いてやることしかできない、へっぽこ陰陽師だ——。」『陰陽師』など物語の中の存在に過ぎない、現代日本。駒田成喜は、陰陽師の家系に生まれながらも、ライターとして生活していた。そんなある日、取材旅行で訪れた京都で、巷を賑わせる連続行方不明事件に人外が関わっていることを知る。そして、成喜の唯一の使い魔である氷鬼や、偶然出会った地元の刑事にしてエリート陰陽師である鴨怜治と、事件解決に乗り出すのだが……

◉定価：726円（10%税込）　◉ISBN:978-4-434-28986-6

◉Illustration：くにみつ

縁結びのご利益のある『恋文やしろ』。元OLのさくらはその隣で、奉納恋文をしたためるための小さなカフェを開くことになった。そしてそこで、千年間恋文を神様に配達している美しいあやかし――お猫様と出会う。彼と共に人々の恋を見守るうち、二人はゆっくりと恋の縁に手繰り寄せられていき――

◉定価：726円（10％税込）　◉ISBN:978-4-434-28791-6

◉Illustration：細居美恵子

この作品に対する皆様のご意見・ご感想をお待ちしております。
おハガキ・お手紙は以下の宛先にお送りください。

【宛先】
〒150-6008 東京都渋谷区恵比寿 4-20-3 恵比寿ガーデンプレイスタワー 8F
（株）アルファポリス　書籍感想係

メールフォームでのご意見・ご感想は右のＱＲコードから、
あるいは以下のワードで検索をかけてください。

アルファポリス　書籍の感想　検索

ご感想はこちらから

アルファポリス文庫

余《よ》命《めい》-24h《マイナスにじゅうよじかん》

安崎依代（あんざき いよ）

2021年　10月25日初版発行

編集－本丸菜々
編集長－倉持真理
発行者－梶本雄介
発行所－株式会社アルファポリス
〒150-6008東京都渋谷区恵比寿4-20-3恵比寿ガーデンプレイスタワー8F
TEL 03-6277-1601（営業）03-6277-1602（編集）
URL https://www.alphapolis.co.jp/
発売元－株式会社星雲社（共同出版社・流通責任出版社）
〒112-0005東京都文京区水道1-3-30
TEL 03-3868-3275
装丁イラスト－中村至宏
装丁デザイン－西村弘美
印刷－中央精版印刷株式会社

価格はカバーに表示されてあります。
落丁乱丁の場合はアルファポリスまでご連絡ください。
送料は小社負担でお取り替えします。

ISBN978-4-434-29496-9 C0193